MONSTRUOS EN LA CAMA

Esther Barranco

RKM PUBLISHING

MONSTRUOS EN LA CAMA

Esther Barranco

MONSTRUOS EN LA CAMA
Por *Esther Barranco*
®Todos los derechos reservados

New York, EE.UU
Primera edición: Septiembre 2023
Impreso en Los Estados Unidos por **RKM Printing**

Edición y revisión por Román Martínez
Diagramación RKM Publishing
Diseño de portada Willy2 NY

RKM Publishing Tucson. AZ.
520-934-3360
rkmpublishing@gmail.com

Publicado por:

Esta publicación no puede ser reproducida, alterada en su totalidad o en parte, archivada en un sistema electrónico, o transmitida en forma electrónica, mecánica, fotográfica, grabada o de otra forma sin el permiso previo por escrito del autor.

Contenido

Agradecimientos 7

CAPÍTULO 1
La anatomía del miedo 13

CAPÍTULO 2
Etimología del Miedo 33

CAPÍTULO 3
Miedo al abandono 49

CAPÍTULO 4
 Miedo al Rechazo 67

CAPÍTULO 5
Miedo al Fracaso 81

CAPÍTULO 6
¿Cómo enfrentarlos? 101

MONSTRUOS EN LA CAMA

Agradecimientos

La jornada para llegar hasta aquí fue larga. No crean que mis miedos no hablaron en varias ocasiones aconsejándome el no publicar este libro, pero ellos para mí son asesores, no quienes toman las decisiones. Cuando me senté a escribir no sabía de qué hablarles, no quería que este fuera simplemente un libro que compras y dejas en el estante acumulando polvo. Quería que fuera algo que te ayude a sanar y a crecer. Estoy muy interesada en verte sano (a) viviendo tu vida y todo lo que soñaste alcanzar. Quiero verte feliz, te lo mereces.

Somos humanos con sentimiento teniendo una experiencia humana en la tierra. Quiero que este libro te ayude a procesar y entender algunos de esos sentimientos que experimentas, has experimentado, estás experimentando o alguien cercano a ti lo está viviendo. Al final no es tu culpa que te hayan hecho daño, pero sí es tu culpa si no decides sanar las heridas y caminar hacia un futuro mejor. Las heridas son parte de nuestro crecimiento integral. Actualmente mientras escribo estoy involucrada en el gimnasio.

Mi entrenadora y mejor amiga Lely Burgos, me enseñó que para que un musculo crezca primero debe ser roto microscópicamente. A veces somos rotos, pero si sabes cómo procesar saludablemente tus daños puedes ayudar a otros a sanar. Eres un agente de luz y cambio y donde quieras que vayas deben asociarte con eso.

Por eso quiero darle las gracias a Dios que soñó esto primero que yo y vio en mí las capacidades por encima de mis miedos. A mi Padre Virgilio Barranco, Papi gracias por regalarme mi primer libro, con una hermosa nota que hoy se hace una realidad. A mi mami Juana Hernández de Barranco (Alba), tus consejos siempre son bálsamos para mí, gracias por nunca conformarte con menos de mí. Gracias a mis abuelos Rafael y Gladis Hernández, vivos ejemplos de perseverancia y unión familiar. Mamá, nunca olvidaré las historias fantásticas de terror que me contabas algunos días antes de dormir.

Gracias a mi tía Dilena Hernández (tía Lili) por hacerme ver que sin importar la edad se puede seguir siendo inocente. Eliette (mi prima), si lees esto, créeme que puedes lograr cosas increíbles si aprendes a confiar en ti, nunca dejes de soñar y no pierdas la imaginación tan linda que tienes.

Gracias a Luis y Jennifer Arvelo, ustedes son de bendición a mi vida, son el puente hacia lo desconocido que yo misma llamo propósito: ustedes tienen ojos de águila.

MONSTRUOS EN LA CAMA

A mis pastores Raymond y Adalisha Burgos por enseñarme que aún hay pastores buenos. Gracias a Alexandra Bonilla, su pasión por restaurar me inspiró en el tema, y sobre todo a Lely Burgos mi mejor amiga, porque sin saberlo me empujaste a volar más alto.

Lleva este libro donde quiera que haya un corazón roto o un alma que dejó de soñar y úsalo sabiamente para restaurar. Eres el ángel en la vida de un alma rota. Un día despiertas y tus miedos te observan con sus ojos tan grandes y fijos. Un escalofrió recorre tu cuerpo y te paralizas, como cuan tiesa estatua. Ellos no les tienen miedo a la luz tan frágil que sale de tu lámpara de noche. La noche lluviosa y oscura es el escenario perfecto para ellos tomar formas. Ese día uno sale del clóset, otro de las gavetas y el último de debajo de tu cama.

¿Qué puedes hacer? Los dejas que se acomoden en tu colchón y tu zona segura se convirtió en el refugio donde tú y tus monstruos viven. Empiezan siendo desconocidos y con desconocidos no se habla. Por eso ellos empiezan la narrativa y hablan más de ti que tú mismo. Tienes la sensación de que te conocen por esa familiaridad con la que se expresan de ti, y sin darte cuenta eso que empezó siendo forastero se convierte en una unión que será difícil de dejar ir.

¿Para qué dormir con la lámpara encendida si toda esperanza se extinguió en el momento que les creíste? Las noches que eran acompañadas de sueños mágicos se volvieron pesadillas, y a todos se les olvidó comentarte que las pesadillas son sueños también.

Querido amigo, hay guerras que son difíciles de ganar y batallas que son fáciles de perder. Pero no hay lucha en vano.

Ya se te hace difícil descansar, tu mente se volvió una cárcel donde tú tienes las llaves para salir pero tus miedos, esos monstruos te hacen sentir que estando tras las rejas estarás seguro. Te convences pensando que es mejor **"No Intentar, que Intentar y fracasar"**. Y justo ahí, en ese instante el paisaje lleno de color en tu vida se torna oscuro y gris.

Un día despiertas y ya no eres un niño, te miras al espejo y todo ha cambiado. Te sientas a pensar, ¿qué has hecho con tu vida? Y te das cuenta de que hasta ahora no viviste. Eras solo un cuerpo con álito de vida, una marioneta más del destino, un ser sin propósito y con suspiros añoras volver a esa noche cuando eras niño, cuando tus monstruos te convencieron de vivir dentro de ti.

Qué gran desafío encontrar tu voz cuando por años ellos hablaron por ti, pero gran desafío es decirles que ya eres adulto y que vas a proteger a ese niño que aún vive dentro de ti. Ese niño que por las noches quiere volver a soñar sin miedos, que quiere tener el corazón sano para abrirle la puerta al amor, a las amistades o las sorpresas de la vida. Eres esa criatura que aun añora pensar que podía ser cantante, presidente y doctor todo a la misma vez, ese que creía en historias imaginarias y perdonaba con facilidad. Tu responsabilidad más grande ahora de adulto es no dejar que este niño muera.

Querido amigo, hay guerras que son difíciles de ganar y batallas que son fáciles de perder, pero no hay lucha en vano.

CAPÍTULO 1
La anatomía
del Miedo

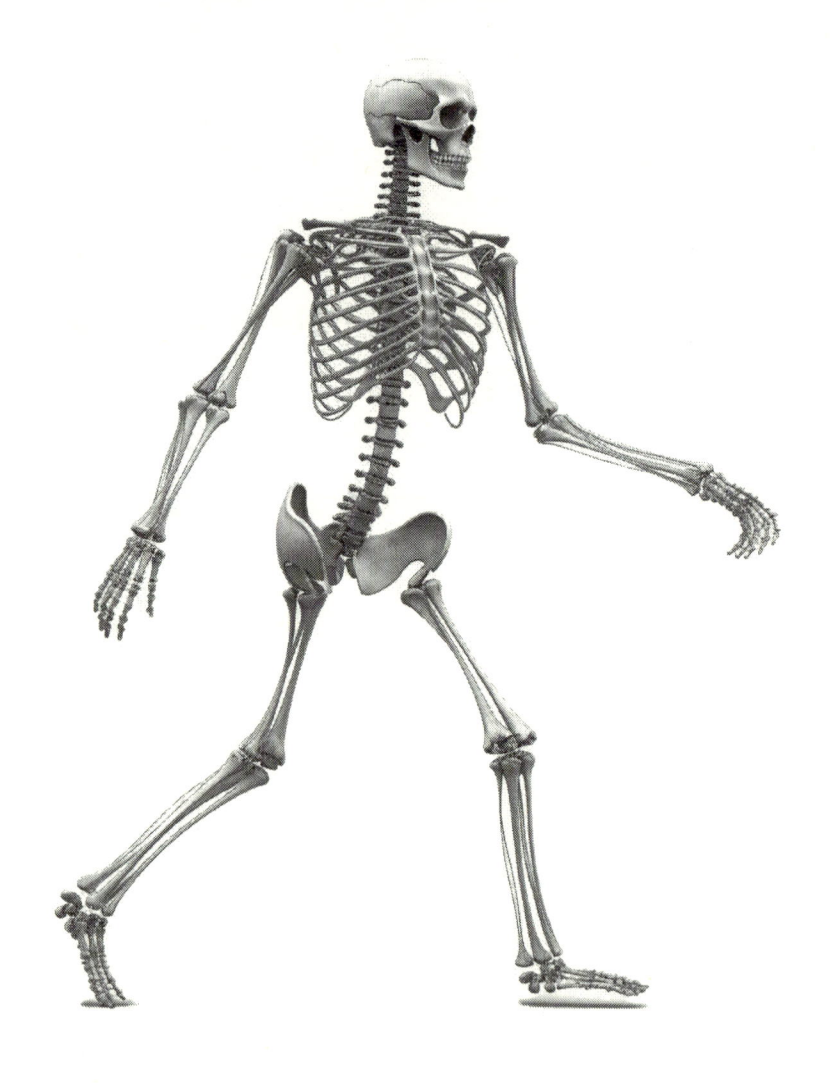

La anatomía del miedo

El miedo es un sentimiento de desconfianza que te lleva a creer que ocurrirá lo opuesto a lo que deseas; O la angustia provocada por la presencia de un peligro real o imaginario (diccionario Oxford). Pero, aunque este es percibido como malo, en algunas ocasiones ayuda. Cuando estaba en clase de biología, mi maestro habló de la teoría de la evolución con relación al ser humano.

La ciencia establece que el ser humano y los simios venimos de un ancestro en común, que dada la desforestación empezamos a caminar erguidos y el pelo fue abandonando lentamente nuestra piel para poder adaptarnos a diferentes medios ambientales. Para poder sobrevivir a diferentes peligros nos valimos por un tiempo del miedo.

MONSTRUOS EN LA CAMA

La famosa **"piel de gallina"** fue una de estas. Decían que cuando los primeros humanos sentían la presencia de un peligro inminente, los pelos de su cuerpo se paraban para darles apariencia más grande con el fin de infligir el miedo en el peligro que se acercaba, en aquel entonces miedo debido a un depredador.

> **Acuérdate, el miedo solo quiere evitar el dolor y en algunas ocasiones la muerte.**

El miedo nos mantuvo vivos. Imagínate si no le tuvieras miedo a ciertos animales peligrosos, tal vez no estuvieras aquí, o si por ejemplo no tuvieras miedo a las consecuencias de un acto, lo hicieras libremente enfrentando pena de cárcel.

El miedo no es malo, pero cuando en el carro de tu vida él toma el volante y toma las decisiones, nos encontraremos estancados en una vida miserable sin poder vivirla al máximo.

Neurológicamente, el miedo es el fortalecimiento de vías neuronales entre el hipocampo y la amígdala. Percibimos el miedo a través de nuestros sentidos. Una vez que asociamos dichas sensaciones que causaron dolor o una incomodidad, las guardamos. Estas quedan alojadas en nuestra mente esperando un estímulo. El estímulo es percibido por la amígdala que a la vez hace que reaccionemos de diferentes formas como, quedarnos tranquilos, enfrentarnos a algo o correr de dicho miedo. **Acuérdate, el miedo solo quiere evitar el dolor y en algunas ocasiones la muerte.**

Cuando una situación nos causa dolor o la asociamos con este, tendemos a evadirla entrando en un estado de miedo

Esther Barranco

o pavor y el cuerpo no quiere ser sometido a dicho estrés emocional.

Las personas usualmente se quieren disociar del evento de dolor ocurrido. Cuando el cuerpo entra en un estado de dolor como rasgo evolutivo de adaptación desencadena una obligación de tomar acción. Siempre buscando sacarnos del estado de dolor al alivio.

El problema es que la disociación solo calma el dolor, pero no lo sana.

El problema es que **la disociación solo calma el dolor, pero no lo sana**, bloquea el recuerdo del trauma, pero deja los malestares evidentes de que existe algo mal con nosotros mismos.

Con el tiempo ese desequilibrio entre la mente y el cuerpo puede darles cabida a enfermedades Psicosomáticas.

Cuando el organismo está bajo estrés, ansiedad o depresión, debilitan las defensas del organismo haciéndolo vulnerables a ciertas enfermedades que se manifiestan en el cuerpo, entiéndase, de la mente al cuerpo.

Sociológicamente muchos de nosotros compartimos miedos en común. La sociedad como tal sufre de miedos que son colectivos, como cuando existe una amenaza real que necesita la ayuda en común de todos para enfrentarla. Recientemente pasamos una pandemia y el miedo colectivo era el virus, no solo por ser **"nuevo"** y desconocido, sino por las consecuencias a gran escala para la economía y el colapso del sistema de salud.

MONSTRUOS EN LA CAMA

Era muy común durante ese tiempo el aislamiento, la cuarentena y el miedo. La incertidumbre no solo generaba ansias, estrés y pánico, sino que también fueron desarrollándose muchos problemas al nivel mental. El ser humano vive de las interacciones, que entonces se hacían por una pantalla y el contacto físico era muy limitado, casi nulo. Todos teníamos miedo a esto que nos enfrentábamos, pero a la vez en conjunto poníamos de nuestra parte para contrarrestarlo.

Existen beneficios cuando del miedo se trata (no todo es negativo de él), nos enseña cuáles son nuestros límites. Hasta donde nosotros podemos llegar y qué tanto nos falta para poder alcanzar un sueño o meta. Más que ser una tapa, el miedo puede llegar a ser una cobertura, esta ta tapa limita por completo tu desarrollo y te encapsula en un solo lugar, pero la cobertura se expande a medida que tú te expandes, cubriéndote pero nunca limitándote.

He llegado a pensar que cuando el miedo está controlado y supervisado, nos ayuda a conocernos a nosotros mismos. Ese sentimiento nos empuja a sentar nuestro yo y ayudarlo para experiencias del futuro, siempre y cuando este miedo fue asimilado correctamente y no desarrollado como una phobia.

En ocasiones no hablamos con las personas, hablamos con sus miedos y traumas.

MONSTRUOS EN LA CAMA

En el reino animal podemos ver algunas especies usando el miedo como un mecanismo de defensa. Por ejemplo, **el pez globo**. Cuando este pez se ve amenazado se hincha a un tamaño más grande de lo normal para **asustar** a su depredador o para no ser devorado en la boca de uno de ellos.

Mirando este ejemplo nos damos cuenta de que inconscientemente muchos de nosotros somos como ese pez globo. Cuando tenemos miedo por situaciones que suponen una amenaza, nuestro instinto de miedo nos hace inflarnos: *nuestra tonalidad de voz sube, movemos los brazos a lo loco para aparentar ser grandes,* y hacer lucir pequeño a nuestro adversario, pero en realidad hacemos todo esto por miedo.

Sin estar justificando a las personas y sus arranques de enojos o de ira, pero entendiéndose que algunos muy dentro de ellos son víctimas de una infancia en la que reprimió tanto por miedo o impotencia, que al sentirlo en el presente explotan ese sentimiento que nunca supieron procesar.

El lobo feroz será siempre el malvado si solo escuchamos la versión de caperucita.

En ocasiones no hablamos con las personas, hablamos con sus miedos y traumas. Por experiencias de vida y trasfondos diferentes, es difícil tener que pelear verbalmente con alguien en este estado porque para ellos poder entenderte primero deben sanar.

> Cada verdad tiene un poco de mentira y cada mentira un poco de verdad.

Gastarás tus energías y fuerzas tratando de hacer entrar en razón a una persona cuando sus miedos y traumas salen a la puerta a defenderse.

Presta atención a la forma de ser de una persona, pon oído a lo que dice y te darás cuenta de que si aprendes a callar para escuchar a otros, oirás desde su alma un grito de auxilio escapando de sus labios en forma de un arranque de ira.

MONSTRUOS EN LA CAMA

Almas encarceladas en un eterno pasado. No pueden proyectarse en la vida, no ven futuros, no conocen de presente, todo fue lo que les hicieron, lo que les pasó y tratan aún en el presente de conectarlo con eso del pasado. Personas así les cuesta mirar la vida como tú la vez, por eso es mejor ver, oír y entender.

Cuando estos casos suelen llegar a tu vida trata de entender de que todos creen tener la verdad de una historia. El lobo feroz será siempre el malvado si solo escuchamos la versión de Caperucita. Recuerda que cada verdad tiene un poco de mentira y cada mentira un poco de verdad. Aprende a callar y dejar que los hechos sean quienes hablen.

En cierta ocasión una muchacha tenía una guardería, allí tenía a cargo a un niño algo travieso y de un comportamiento muy difícil. El niño molestaba a todos sus amigos de la guardería, nadie quería la responsabilidad de cuidarlo por lo "cabeza dura" que era. Un día, la guardería tenía una guerra de globos de agua, el niño fue rápido a jugar y empapándose la camisa tuvo que quitársela. Para la gran sorpresa de todos, en la espalda este pequeño niño tenía las huellas de una bota grande en su espalda como si alguien de gran tamaño y peso subió un pie y le hizo presión contra el piso.

En ese momento ella entendió por qué el niño se enojaba, gritaba y maltrataba a sus compañeros. Esta era su forma de expresar lo que vivía en casa, era la manera de él poder exteriorizar la impotencia de no poder defenderse y de poder vengarse.

MONSTRUOS EN LA CAMA

El miedo racional es necesario para nuestra supervivencia, pero cuando este se vuelve irracional solo piensas en cómo sobrevivir el día a día, pero sin verle sentido a la vida. Te quedas atrapado en el mundo de las ideas creando quimeras sin poder vivir, atrapado en un laberinto sin salida donde el miedo te hace su prisionero y no te queda más remedio que volverte su esclavo. El miedo se convierte en el ladrón de tus sueños y ambiciones en la vida, te hace conformarte con la mediocridad convenciéndote de que no puede dar más de ti mismo.

Esther Barranco

Cuando el miedo te convence entonces el auto sabotaje empieza. Cuando tú decides intencionalmente no alcanzar algo en la vida probablemente se manifieste con la autocrítica, mirándote siempre por debajo de los demás, creyéndote la mentira de que no naciste para vivir bien o por lo menos dignamente.

Luego de la autocrítica empieza el perfeccionismo. Vas a buscar la forma de llevarte a un lugar de alto valor, tratarás de exigirte altos estándares que al no ser realistas tarde o temprano no cumplirás, cayendo en el avergonzamiento. Frases como **"sabía que no iba a poder"**, son las que se suelen decir.

Al final caemos en la autoculpación. Empezamos a culparnos de cosas que se salieron de nuestras manos y no tuvimos la falta comenzando a crear el perfil de víctima sentándonos a mencionar todas las cosas que fallaron en nuestro pasado para llevarnos al éxito, cuando se nos olvida que eso fue el pasado y que es nuestro futuro que nos demanda tomar una acción en nuestro presente. Imagínate que dicho miedo sea algo **"colectivo familiar"**, que por mucho tiempo de generación en generación en tu familia nadie se ha hecho profesional o no haya empezado un negocio por miedo a fracasar.

> **Las personas que nunca han construido nada en la vida siempre van a querer venir a la tuya a decirte como edificar.**

Romper con el círculo del fracaso y pobreza son difíciles cuando el miedo juega un papel, peor aún cuando tu círculo familiar o de amistad no creen en ti para llevar a cabo cualquier plan, no porque no puedas o no tengas la capacidad, si no porque nunca ellos han llegado a nada.

El que nunca construye critica para desbaratar, pero el que ha construido te critica para ayudarte a edificar.

Las personas que nunca han construido nada en la vida siempre van a querer venir a la tuya a decirte cómo edificar. Lo peor es que tomas consejos de ellos. Solo el que edifica puede tener la autoridad de criticar tu obra, porque el que nunca construye critica para desbaratar, pero el que ha construido te critica para ayudarte a edificar. **Saber qué clase de crítica debes tomar dependerá de ti.**

MONSTRUOS EN LA CAMA

Cuídate de los ociosos, la mayoría del tiempo hablan mucho y nunca hacen nada.

Las personas exitosas no tienen tiempo de criticar para mal porque siempre están ocupados. Solo un fracasado encuentra tiempo libre para criticar porque tiene su mente ociosa. Cuídate de los ociosos, la mayoría del tiempo hablan mucho y nunca hacen nada. Pero si te levantas a enfrentar tus miedos rompiendo con esas cadenas familiares, tus hijos tendrán una buena plataforma en la cual construir sus sueños. Tú puedes ser la plataforma que los empujen a soñar o el **"monstruo debajo de la cama" que los hunda más.**

Tal vez seas el catalizador para que otros se atrevan a empezar sus proyectos. Las personas jamás creen a las palabras, solo a las acciones. Ya lo dice el refrán, que **una acción habla más que mil palabras.** Cuando vivas lo que hablas ellos no necesitarán oír más, si no que accionarán.

Somos seres que demandamos resultados para poder poner a prueba lo que a otros les fue efectivo, por eso te verán desde lejos, pero cuando el cambio empiece van a querer estar cerca para conocer el secreto que te está llevando a trans-

A veces no detectamos una acción de nuestros amigos porque haya sido mala, sino porque esa acción conectó con un área de nuestro carácter sin resolver.

Esther Barranco

formarte en tu mejor versión. Hasta el sol de hoy muchas personas viven amargadas en esta vida porque perdieron la lucha en contra de sus miedos y dejaron que ellos hablaran y que tomaran las decisiones finales de momentos importes y decisivos para ti. Ahora esas personas tratan de compartir sus temores contigo para secuestrarte, así como lo hicieron con ellos. **-No vas a poder, -otros ya fracasaron en eso, -no tienes el plomo para hacerlo, -vas a fracasar.** Al final de cuenta no son ellos quienes te lo dicen sino lo que ellos se dijeron por años.

Causa hasta cierto punto algo de sorpresa pensar que los monstruos más horribles no los creó Hollywood, los creas tú a diario.

Existen muchas personas que se ven reflejados en nosotros. Nuestras amistades son un reflejo de nuestras luces y oscuridades. A veces no detectamos una acción de nuestros amigos porque haya sido mala, sino porque esa acción conectó con

MONSTRUOS EN LA CAMA

> **Soy creyente de que atraemos lo que pensamos.**

un área de nuestro carácter sin resolver, o peor aún, a veces las ofensas y chismes nos hacen daño porque muy en el fondo creemos eso de nosotros mismos. Esas ideas negativas viven alojadas en nuestro inconsciente, suprimidas, y cuando ese comentario sale a relucir pensamos que es una verdad absoluta de nuestro carácter y persona, olvidando que la única razón por la que conectamos con eso es porque nunca lo resolvimos.

Causa hasta cierto punto algo de sorpresa pensar que los monstruos más horribles no los creó Hollywood, sino que los creas tú a diario. Tú le das de comer todos los días, duermen contigo y hasta los cuidas, "son tus miedos", y el día que los dejes de alimentar podrás empezar a soñar.

Constantemente nos miramos en un espejo muy peculiar. Este espejo tiene dos piernas y brazos, tiene ADN. Ese espejo son todos con quienes te relacionas, pues somos seres de relaciones. Soy creyente de que atraemos lo que pensamos. ¿Y si todo tu círculo solo son el reflejo de tus miedos hecho personas?

Imagínate haber sido abusado (a) en una relación pasada; Sales de dicha relación y haces la promesa de "jamás volveré a buscarme alguien así". Pasa el tiempo, empiezas una nueva relación y todo es perfecto hasta que poco a poco empiezan a salir los rasgos de la personalidad de tu ex en tu nueva pareja, pero ¿cómo es posible que estés saliendo con los mismos rasgos que desde un principio prometiste no salir? Bueno, eso pasa porque inconscientemente lo atrajiste a ti ya que nunca lo resolviste. No cerraste el capítulo sanamente y por eso inconscientemente buscas a la misma persona en otra persona para tratar de solucionar lo que ocurrió.

Existe la famosa ley de atracción que establece que polos opuestos se atraen. Es mejor decir que un abismo llama a otro abismo. **Para explicar esto debería llevarte a los agujeros negros en la galaxia** los cuales son expertos en absorber toda la luz. Si el círculo de personas con las que te unes sacan lo peor de ti, estás ante un agujero negro. Rodéate de personas que hayan superado sus miedos o traumas y puedan hablarte desde una plataforma de sanidad. Poco a poco estas personas sabrán encaminarte a un lugar donde lo mejor de ti salga a relucir.

> Si el círculo de personas con las que te unes sacan lo peor de ti, estás ante un agujero negro.

> Estás en la cueva del miedo dejándote manipular tu realidad por las experiencias traumatizantes de otros.

Se tiene entendido que la mayoría de los miedos son aprendidos, eso quiere decir que algunos de estos alguien te los depositó en tu mente, alguien sembró eso en tu cabeza y lo abonaste.

Acordándonos de la alegoría de las cavernas por platón, estar en una cueva y solo conocer el mundo exterior por sombras alteradas por alguien, no es vivir. Así mismo son los miedos aprendidos. Estás en la cueva del miedo dejándote manipular tu realidad por las experiencias traumatizantes de otros.

MONSTRUOS EN LA CAMA

Que sus miedos sean consejeros pero que nunca estos alteren tu realidad y cuestionen tu capacidad de lograr cosas en la vida.

Alegoría de la caverna. Platón.

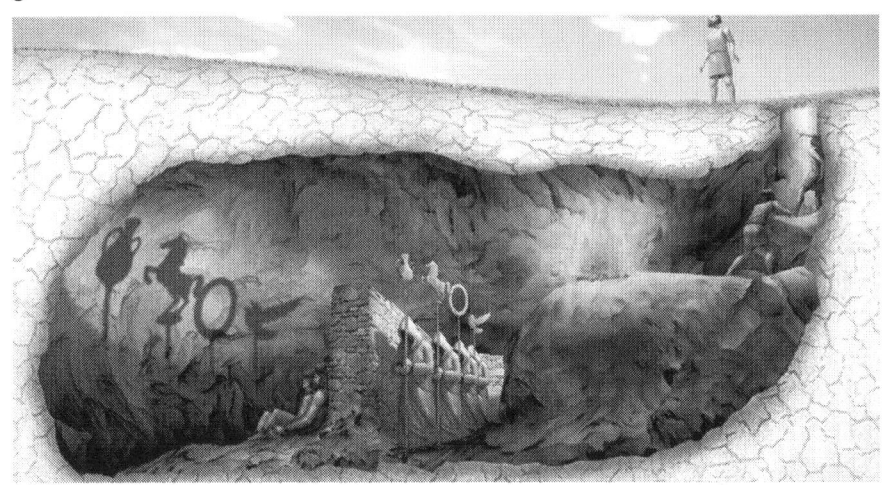

Salir de la cueva es darte entender que las mismas experiencias que otros tuvieron en la vida no serán lo mismo que te toque a ti. No tienes por qué repetir el mismo error de los otros, que sus miedos sean consejeros pero que nunca estos alteren tu realidad y cuestionen tu capacidad de lograr cosas en la vida.

Algunas personas compran el molde de sus traumas y miedos y quieren obligarte a hacerte encajar en ellos. **Rompe el molde.** Rodéate de personas que te reten a salir fuera de tu zona de confort hacia lo desconocido, personas que quieran crecer contigo.

MONSTRUOS EN LA CAMA

En una ocasión cuenta una historia que había un pequeño león que fue adoptado por un rebaño de ovejas, este cachorro poco a poco con el tiempo y mientras iba creciendo se sentía una oveja. Hablaba, comía y se comportaba como una oveja siendo él un gran león. Un día cuando fue a tomar agua vio desde lejos a una manada de leones que tomaban agua igual. El león se asustó, le tenía muchísimo miedo a los leones que estaban allí. Viendo esto uno de ellos se acercó a él y le preguntó que por qué tenía miedo, A lo que él respondió, les tengo miedo a ustedes. El león acercó al que estaba temeroso a la orilla del río y viendo su reflejo dijo: **"Pero tú y yo somos iguales",** y justo ahí entendió el temeroso león que había nacido para ser el rey de la selva.

Los miedos deben de empujarnos a redescubrirnos. Tal vez tus miedos solo sean el reflejo de hacia dónde vas, pero no te sientes listo para emprender el viaje. Recuerdo una vez en clase de oratoria, mi maestro nos dijo que era muy común que las personas tuvieran miedos al exponer ante un público. Había múltiples razones por las cuales el pánico escénico frena a las personas, y entre ellas llegamos a la razón más importante, **"no estar preparado"**. Por más que quieras estar en un lugar, si no te preparas Jamás llegarás. Que esos miedos te empujen a buscar formas de entrenarte para el lugar que siempre soñaste. **Te darás cuenta de que cuando estés listo (a) para aprender, la vida te enviará lecciones.**

Esther Barranco

Pues una vez oí a alguien decir: **–Cuando el alumno está listo, el maestro aparece.**

Los miedos deben de empujarnos a redescubrirnos

Existen lugares que te pertenecen estar. Escenarios que debes pisar. Cosas que te pertenecen, pero no puedes llegar por miedo. Y ese miedo en particular es el no sentirte listo o merecedor de estar en dichos escenarios. Resolver eso lo más rápido posible te llevara a con más seguridad a donde mereces estar.

Te compartiré algo. Todo lo que quieres ya está hecho; por ejemplo, el día de hoy y el de mañana ya están hechos también, no hay que crear nada. No existe ninguna cosa por crear, solo hacerlo realidad y todo tiene un tiempo para serlo, ese tiempo está aguardando por ti.

MONSTRUOS EN LA CAMA

NOTAS:

MONSTRUOS EN LA CAMA

CAPÍTULO 2
ETIMOLOGÍA
del Miedo

Etimología del Miedo

Cuenta la mitología griega que el miedo o Phobos, fue el hijo de una relación amorosa entre Ares (el dios de la guerra) y Afrodita (la diosa del amor) y que Phobos al nacer tenía un hermano gemelo llamado Deimos (traducido a dolor, ira o pena). Phobos era siempre enviado por Ares con la misión de destruir a la raza humana. Ares entendía que lo que hacía ganar una guerra no era tanto la destrucción material, ni el derramamiento de sangre, si no empezar dicha destrucción en la mente del pueblo atacado. **Lo que se ve viene de lo que no se ve, nuestra mente tiene tanto poder de distorsionar nuestras realidades.**

No necesitas vencer una nación con grandes armas, solo conquistando sus mentes ganarás el terreno. El poder plantar ideas en la psiquis, desproporcionar tamaños, distorsionar realidades es aún más poderoso que conquistar con grandes armamentos.

MONSTRUOS EN LA CAMA

Una vez que una mente es invadida por el miedo, la guerra se gana. Solía escuchar un cuento (no sé qué tan real es), decía que una vez el dictador Rafael L. Trujillo de la República Dominicana se tomó el atrevimiento de desafiar a Hitler. El dictador alemán jamás había sido amenazado con tanta confianza y tenacidad como lo hizo Trujillo, a tal grado que llamó a sus generales de alto rango y preguntó dónde en el mapa estaba República Dominicana. Hitler pensaba que era un país grande por tan grandes amenazas. Cuenta la historia que el comandante de las fuerzas armadas de Hitler abrió un gran mapa y justo en ese momento una mosca tapaba la isla. Hitler se murió de la risa, pero no había visto su gran error. El error no fue el tamaño del país que lo amenazaba, si no que las palabras de un hombre le hicieron temer tanto que tuvo que buscar el país en un mapa. El miedo iba a ganarle la batalla antes de que tan solo un soldado dominicano pisara su país.

A veces entiendo por qué decían que Alejandro Magno oraba a Phobos antes de ir a la batalla. Si el miedo lo llegaba a conquistar, él ya sabía que iba perdiendo su batalla.

Ares entendía el poder del miedo, por ende, enviaba a sus hijos Phobos y Deimos. Cuando él llegaba su trabajo de conquista estaba hecho. Ni los guerreros más fuertes podían enfrentarse al caos del miedo. ¿Cómo entonces nace el miedo de acuerdo a esta historia mitológica?

Cuando la guerra y el amor se juntan. Cuando nuestro amor y apego a lo desordenado y el caos se juntan. **Tal vez nuestros miedos solo fueron nuestros apegos a guerras que no pudimos vencer.** Nos estancamos en cosas sin resolver de nuestro pasado. Lo peor es que ese Phobo nunca llega solo. Su hermano dolor, ira y pena siempre lo acompañaban donde quiera que este iba, dejando a su paso un camino inseguro.

Cuando somos niños es muy normal o común que nuestros padres o personas de autoridad llenen nuestras cabezas con historias de terror. El famoso Coco, Cuco o ropavejero (según como le llamen en tu país). Es común que a veces para conseguir un comportamiento deseado los padres usen el terror o el miedo para conseguirlo y es aquí donde el terror empieza a ser una realidad en nuestras vidas.

MONSTRUOS EN LA CAMA

Algunos padres no utilizaban estos elementos del coco para inducir el miedo, pero sí las amenazas de una golpiza. Tal vez no fue tu caso, pero en otros muchos sufrieron de fuerte violencia infantil. Una cosa era corregir y otra muy diferente maltratar. Queriendo corregir se terminaba maltratando al niño y este empezó a albergar miedos a la figura de autoridad.

El respeto y el miedo no son lo mismo. El respeto se gana, el miedo se impone. Cuando un niño desde pequeño teme a su figura de autoridad, tiende en su adultez a desafiar las figuras de autoridad y hasta cierto punto explotar en un ataque de ira o un ataque de depresión crónica.

A la hora que estas personas sean padres pueden ser o excesivamente permisivos con sus hijos para no asociarse con la figura de autoridad (porque acuérdate no la respetan), o en otros casos pueden implementar la misma violencia que implementaron con ellos porque pueden llegar a entender que así es que se ejerce la autoridad.

El respeto y el miedo no son lo mismo.

Enfrentarte a un mundo amando tus traumas sin ganas de querer corregirlos los hace el terreno perfecto

Esther Barranco

para ser los antagonistas en historias ajenas. Podemos volvernos causantes de dolor.

El dolor en si es muy peligroso como tal, **pero a veces en vez de solucionar lo que nos duele nos volvemos tolerantes al dolor; Ignorar el dolor no es un método de sanarlo,** porque un día el cuerpo no aguantará más y eso que se pudo arreglar antes rápido ahora tardará más tiempo en cicatrizar, o hasta corre el riesgo de que no vuelva a ser igual. Lo que acabo de explicar es a modo humano, pero este escenario se puede ver reflejado en uno emocional.

Volvernos tolerantes al dolor emocional en vez de sanarlo, hace que con el tiempo colapsen nuestras emociones y tardemos para arreglarnos.

A veces para poder entenderlo mejor debemos ver al otro como un espejo. La otra persona es una versión de mi en otra realidad y en otro contexto.

Pararnos en frente de ellas para infligir el miedo y el dolor es una forma de hacernos eso a nosotros mismos por venganza. Imitas lo que te hicieron no porque lo disfrutas, sino porque muy internamente es lo único que conoces y que hasta cierto punto ves como algo normal.

MONSTRUOS EN LA CAMA

Cuando normalizamos algo no queremos resolverlo porque no vemos el mal que hay. Esto puede ser un daño porque pensarás que otros están mal y no tú, esa forma obstinada puede estancarte. Cuando éramos niños solíamos ver películas infantiles y buscar desde el inicio quien era el malo. Este usualmente era un ser que hacía las cosas imposibles para los protagonistas sufridos y perfectos. Pero mientras vamos creciendo empezamos a entender que el antagonista no era tan malo como creíamos.

Empatizamos con sus miedos y traumas porque muy en el fondo algo se rompió en nuestro comienzo y tenemos miedo de admitirlo porque el súper héroe siempre tenía una vida perfecta y nosotros nunca queremos ser los malos.

A veces en vez de solucionar lo que nos duele nos volvemos tolerantes al dolor.

No está mal admitir nuestros miedos, en algunas culturas admitirlo nos hace ser percibidos como débiles y enclenques, pero el problema está en que mientras más internalizamos un miedo no resuelto, más difícil se nos hace enfrentarlo y sanarlo.

Tener un principio malo no define que nuestro final será así, de hecho, no podemos controlar cómo y dónde nacemos, no podemos controlar qué padres tendremos ni en qué estatus económico nacemos, pero sí podemos cambiar nuestro futuro. Los patrones de miedo en tu familia se rompen contigo. Usa sus miedos como la catapulta que te empuje a no conformarte con lo que ellos no pudieron alcanzar.

> **El problema está en que mientras más internalizamos un miedo no resuelto, más difícil se nos hace enfrentarlo y sanarlo.**

Imagínate experimentar traumas tan profundos en la vida que tu mente se rompa en miles de pedazos, creando realidades alternas por el miedo de enfrentar lo que nos hizo daño y vivir en esa guerra constante batallando para unificar lo que se rompió.

Para poder entender mucho mejor el miedo lo dividiremos en 3 categorías. Algunas de las que mencionaremos son miedos lógicos, entiéndase por lógico como algo racional.

La primera son phobias específicas: Esta clase de miedos están caracterizados por una ansiedad insistente y persistente sobre un objeto o situación de miedo excesivos, donde dicha situación de miedo es exageradamente desproporcional con el peligro que puede causar dicho objeto.

> **Los patrones de miedo en tu familia se rompen contigo. Usa sus miedos como la catapulta que te empuje a no conformarte con lo que ellos no pudieron alcanzar.**

MONSTRUOS EN LA CAMA

Algunos ejemplos pueden ser: Miedo de Animales con los cuales se hayan tenido experiencias negativas: Algunas personas no pueden soportar el ver o tener carca un perro porque una experiencia negativa les hace mantenerse de lejos por algún ataque pasado. En vez de buscar una explicación sobre lo que salió mal con la interacción animal, solemos correr y no enfrentarlos. Queremos evitarlo. Cuando analizamos mejor la escena nos damos cuenta de que el animal no fue el culpable en ocasiones, nosotros por no saber interactuar con él nos atacó por sentirse amenazado.

También podemos huirles a los insectos o reptiles porque la complejidad de su anatomía nos hacen gritar desde que los veamos. Cuando no entendemos o no podemos procesar lo que vemos con imágenes archivadas en nuestra memoria solemos alejarnos por miedo de no conocer. Es normal que rechaces lo extraño o desconocido al principio, porque tu adaptación biológica quiere preservar tu vida. Es como desconfiar de una persona al principio hasta que te genere confianza.

MONSTRUOS EN LA CAMA

O cuando vamos a hoteles, aunque la cama sea muy cómoda, no dormimos corrido por el hecho de que, aunque estás cansado también estás alerta al ser un espacio no habitado por ti como rutina. Tu cuerpo está pendiente a cualquier cosa que pueda presentarte un daño. Hasta cierto punto nos volvemos paranoicos pensando que la puerta chilló, o que viste algo moverse rápido, pero en ocasiones tu cerebro está jugando contigo.

El segundo es el Miedo a la naturaleza: Algunas personas tratan de evitar a toda costa el estar expuesto en la naturaleza o los elementos (fuego, aire, agua, tierra). Tal vez por la ansiedad que genera el no poder estar en control sobre ellos. Para evitar este estrés es normal que traten de no estar expuesto al exterior, y en vez de prepararse por si en un momento en la vida les toca enfrentarlos.

MONSTRUOS EN LA CAMA

¿Qué hacer cuando se está perdido o liderando con una situación de un fuego fuera de control? En vez de paralizarnos y quedar a merced de otros o de los elementos, es crucial por lo menos de saber manejarnos. A menudo nos enfrentaremos a situaciones donde debemos accionar en miedo. Ese refuerzo de energía conocido como adrenalina nos impulsa a estar en un estado de vigilancia, para que junto al cortisol nos ayuden a reaccionar a tiempo. Porque enfrentemos una situación no significa que no lo hicimos con miedo. **Creemos que la valentía es la ausencia del miedo, pero la redefino como el miedo en balance.** Así que hazlo con miedo, pero hazlo.

Está el miedo a procedimientos médicos que conllevan sangre o agujas: Cuando nos vemos en un hospital a veces nos causa algo de ansias, más cuando nuestras experiencias han sido de malos recuerdos. El dolor de una aguja, un procedimiento sin anestesia o ver sangre, puede hacernos entrar en un estado de shock o parálisis, porque no sabemos qué hacer.

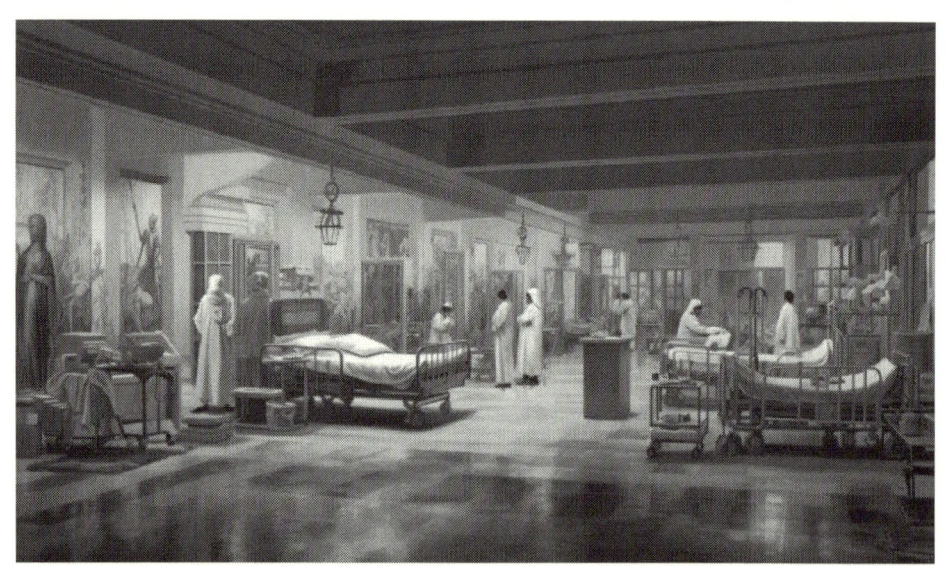

MONSTRUOS EN LA CAMA

Estamos ante una imagen que nos provoca tener que responder rápido con una acción. No tener el tiempo adecuado para poder responder efectiva o adecuadamente puede ser una catástrofe. En los momentos de pánico no podemos pensar. El desorden y caos entra en nuestra mente formando una batalla campal y solo podrás ganarla si logras controlar y equilibrar la situación en la que te encuentras. Porque hagas las cosas rápido no significan que están bien, toma tu tiempo.

Por último, en esta categoría están los miedos situacionales ocasionados por un evento traumático: Estos ocurren por tener un miedo irracional a una situación o contexto específicos. Conozco de una persona que no puede dejar que nadie que maneje el auto, no sea ella, porque sufrió un accidente en el que por poco pierde la vida. Desde ese momento solo ella puede manejar porque confía en sus capacidades; Aunque por un tiempo le fue difícil montarse en un auto.

Otros ejemplos es, volar en avión. Cuando tenemos la suerte de sentarnos en la ventanilla y observar las alturas es común el pensar ¿Qué pasaría si nos caemos? Los millones de escenarios imaginarios posibles que pasan por nuestra cabeza pensando ese estrés, nos hacen empezar a generar miedos a estos lugares. A veces medito y pienso que, así como pasa con lugares puede llegar a pasar con personas.

Conocer a alguien y buscar miles de escenarios posibles donde todo salga mal tal vez nos hace alejarnos de ellas y crea esa desconfianza que nos mantiene lejos.

Ahora que más o menos vamos captando de la onda de los miedos, podemos entrar a otra categoría.

La Phobia social

Es un miedo persistente e irracional por situaciones sociales como, conocer nuevas personas, hablar en público, ser observados por otros. Siempre en nuestra mente al ser expuestos a situaciones como conocer a otra persona nos causa ansias por el miedo a ser rechazados.

Por último, existe la agarophobia que viene del griego ágora que significa plaza pública y phobos que es miedo. Por

**Porque hagas las cosas rápido
no significan que están bien.**

ende, evadir situaciones o lugares donde escapar de ellas sean difíciles o vergonzosas.

Esta phobia no controlada más adelante puede desarrollarse en algunas más específicas como la claustrofobia (miedo a estar en espacios cerrados), Contreltofobia (Miedo a ser abusado) o Hipocondriasis (miedo excesivo a estar enfermo).

NOTAS:

MONSTRUOS EN LA CAMA

CAPÍTULO 3
MIEDO AL ABANDONO

Miedo al abandono

Existen varios miedos en esta vida. Yo por ejemplo le tengo miedo a la velocidad, a las alturas y a la oscuridad. A mi entender son miedos algo razonables y hasta cierto punto con sentido. Estos me mantienen viva. No me van a ver montándome en una montaña rusa por más segura que sea. Mis dos miedos más grandes están ahí. Tampoco me verán en una calle solitaria con luces apagadas, porque entiendo es el escenario perfecto para un atraco (aunque cómo va el mundo hasta de día te atracan, pero ustedes me entienden). Prevengo el peligro desde lejos y no me expongo a escenarios donde se me hace difícil perder el control y hacerme daño vital.

Existe un miedo que más que un reflejo de supervivencia humana es mas de supervivencia emocional.

Pero existe un miedo que más que un reflejo de supervivencia humana es mas de supervivencia emocional. Uno de estos es el miedo al abandono el cual tiene sus raíces muy profundas en el instinto humano emocional que radica en las ganas de sentirnos conectados, que pertenecemos a algo y a la vez de supervivencia.

El miedo al ser abandonados amenaza nuestra conectividad con otros, nuestra seguridad y confianza.

Los seres humanos dependemos de las relaciones (familiares, amistades o parejas) para apoyo emocional, compañerismo y sentido de identidad. Ser abandonados o sentirnos abandonados representa una amenaza de poder lograr nuestras necesidades fundamentales o básicas, haciéndonos sentir solos (as) y sin ayuda de nadie.

A la vez, el sentimiento de "pertenecer" es algo evolutivo. Históricamente se reconoce que el ser humano a dependido de una cooperación grupal. Ser parte de una comunidad o un grupo social provee protección, recursos y un alto porcentaje de supervivencia, por ende, el miedo al ser abandonados amenaza nuestra conectividad con otros, nuestra seguridad y confianza.

Estar solos nos hace vernos con la tarea de enfrentar nuestros más grandes monstruos.

MONSTRUOS EN LA CAMA

Sentirnos abandonados nos puede dar miedo ya que no queremos estar solos. Escuchamos a diario el refrán **"mejor solos (as) que mal acompañados (as)"**. En realidad, el ser humano necesita dicha interacción social o familiar para ser provisto del sentido de conforte, validación y sentirnos entendidos.

Estar solos nos hace vernos con la tarea de enfrentar nuestros más grandes monstruos. El estar acompañado en algunas ocasiones nos distrae de los problemas mayores a resolver. Una vez escuché a alguien decir, que si una persona deja de hablar por un año pierde el sentido, pues su mente se apodera de él (o ella). A la verdad se cumple lo que leí una vez, **"el hombre es el resultado de su mente"**.

La mayoría de los grandes problemas de las personas originan en la infancia.

Vivimos en una sociedad donde a diario ocurren miles y miles de divorcios. El índice de madres solteras está en aumento, en un escenario donde el núcleo familiar día tras día se divide o tergiversa, haciendo más difícil a los niños crear herramientas de valor que son aprendidas en la dinámica familiar. Puedo sentarme a mencionar cómo el rol de un papá y una mamá y sus interacciones pueden moldear a un niño, (existen excepciones)

La mayoría de los grandes problemas de las personas se originan en la infancia. Los niños vienen con una mente infinita, no conocen de reglas y Digamos que vienen con una mente en blanco y en caos. Una vez que sus mentes son moldeas a través del refuerzo de un comportamiento aprendido, este queda marcado.

Esther Barranco

La naturaleza Vs. La crianza: Este fue el debate entre los filósofos griegos por muchos años. El ser humano nace con la predisposición a hacer el mal por su genética o nuestro medio ambiente (donde nacemos) y crianza (nuestros padres) forjan el mal en nosotros.

Sigmund Freud el padre del psicoanálisis hablaba de que la personalidad humana existía en tres componentes: el ello (id), el ego (yo) y el súper ego (súper yo). El ello (id), es el estado primitivo del ser humano regido por sus impulsos, manejado por completo por el placer y las gratificaciones inmediatas. El ego (yo), trata siempre de completar al ello (id) de una forma más realista, y el súper ego (súper yo) dictaba lo que es o no correcto.

Les explico esto para que puedan entender el ejemplo a continuación: en una casa el niño representa el ello (id), un ser que no es regido por reglas, pero que siempre está buscando una imagen a quien imitar, en este caso imitan al ego (yo) los padres.

MONSTRUOS EN LA CAMA

Los padres les dictan al niño cómo conducirse de una forma cívica y moral ante la sociedad, pero los padres buscan al súper ego (súper yo) en este caso la sociedad para que dicten el código de conducta a seguir (cuando la sociedad es una utopía). Cuando el ello (id) busca verse reflejado en sus padres para formar una identidad y una de las figuras no están, empezamos a experimentar varios problemas.

¿Qué pasa cuando uno de los padres abandona la casa? Dependiendo de quién haya abandonado la casa puede crear una desestabilidad emocional en la persona. Hablaremos de diferentes escenarios para poder identificar varios resultados.

Si una niña crece en un hogar donde la figura paterna abandona su rol puede caer en varios escenarios: El primero es que al crecer trate de buscar una figura paterna en su pareja, como puede buscar un hombre de muchísima edad, también puede buscar uno que exhiba comportamientos asociados a un papá. Este puede ser un hombre muy amoroso, celoso, controlador, o un castigador que usurpe el rol de su padre, lo malo es que caen en relaciones algo abusivas, pero no lo ven como toxico porque entienden que eso es amor y no los dejan porque ese miedo de volver a experimentar una perdida les frena el intentarlo. **El duelo no resulto de un abandono la hace sustituir un amor filial por un amor Eros.**

> El duelo no resulto de un abandono la hace sustituir un amor filial por un amor Eros.

Estas personas más adelante en la vida aguantan de todo en una relación, porque si su pareja se les va sienten que van a volver a vivir el dolor de una pérdida. Lo peor es que existen personas que conocen estos **"traumas"** y abusan emocional, física y mentalmente de ti porque saben que no tienes límites. Si tu padre no está presente en la niñez y al no enseñarte los límites y los estándares que como mujer en una relación debes de tener, ellos se sienten en derecho de maltratarte porque entienden que lo que traerán a la relación es lo mejor que vas a tener porque no sabes qué es lo mejor.

El segundo: escenario que puede existir es un abandono emocional por parte de una figura paterna son padres que estuvieron físicamente pero emocionalmente se desentendieron. Las mujeres al ver un padre así pueden crecer resintiendo la figura masculina, o perdiéndole el respeto a esta, entrándose en una relación donde más que buscar a un padre quiera castigarlo. A pesar del impacto emocional que la figura paterna tiene en el núcleo familiar, la ausencia paterna también puede influir al estrés económico. Esto puede causar un desbalance monetario donde se haga difícil llegar a los estándares básicos para mantener una vida óptima.

En el caso de que el padre renuncie a su rol, en el que él aportaba la mayor cantidad de dinero, muchos niños se ven en la necesidad de querer crecer rápido para suplantar ese rol ausente, trabajando en cualquier cosa para llenar el vacío que dejaron, cargando con el estrés que un adulto debe de manejar y no un niño.

Cuando el padre se va dejando a la madre sola, esta debe asumir en ocasiones el rol del padre, tomando un peso que no le corresponde lo que a la vez puede causarle estrés y presión, afectando su efectividad en los roles.

En algunas ocasiones el estrés puede llevar a la madre al maltrato de sus hijos, lo que estaba supuesto a ser una corrección, termina siendo un maltrato por el hecho de que la madre bota la frustración en sus hijos. No termina corrigiendo, sino desahogando su impotencia por el abandono del padre en ellos. Sus hijos pueden tener ademanes del padre o ser parecido a éste físicamente. La madre impotente de aliviar sus problemas con el padre termina haciendo un daño mayor.

De acuerdo a un estudio, se concluyó que en las casas donde el padre no está los hijos son propensos a sufrir dificultades académicas, problemas de comportamiento, baja autoestima y con peligro de caer en comportamientos dañinos al cuerpo como lo son las drogas y el alcohol como mecanismo de supervivencia.

En la mayoría de los casos las madres proveen el soporte afectivo.

En el caso de que sea la madre que abandone el rol, todo lo discutido anteriormente puede pasar, pero también el sentido de seguridad emocional puede verse afectado. En la mayoría de los casos las madres proveen el soporte afectivo. Siempre corremos a la figura materna para sentirnos protegidos, así como cuando estuvimos en el vientre. Así como el cordón umbilical conecta a la madre del hijo, después de haberlo cortado, las madres guardan algo afectivo que siempre las une a sus hijos (as). Cuando ellas abandonan (que son raros los casos, pero sí pasan), puede ser un daño mortal al sentimiento de validación, confianza y protección emocional.

La ausencia de ambos padres en la familia puede causar una desestabilidad en sus vidas, creando incertidumbre a la hora de tomar decisiones y navegar en la vida.

Cuando ambos padres abandonan el núcleo familiar, el daño es a mayor escala, dejando tras sus pasos traumas emocionales severos. Algunos hijos pueden sentir un sentimiento profundo de traición, más adelante pueden tener dificultades creando relaciones amorosas por el miedo constante de que su pareja tarde o temprano le traicionará. En ocasiones, terminan traicionando primero a su pareja por miedo a ser traicionados (as), pueden volverse hasta obsesivos con las traiciones.

La ausencia de ambos padres en la familia puede causar gran desestabilidad en sus vidas, creando incertidumbre a la hora de tomar decisiones y navegar en la vida. Por estas penurias los hijos (as) pueden verse siendo explotados y abusados, ya que no tienen una guía parental para protegerlos y hacerles consciencia de las decisiones que están tomando, dejándolos a merced de ser manipulados o maltratados por otros. A la vez esto puede presentar un riesgo para el desarrollo educativo. Si ambos padres no están, la falta de supervisión escolar puede ser un retraso en su desempeño académico. Estos abandonos no resueltos pueden desarrollar en la adultez algunos apegos. Es una clase de inclinación por algo o alguien.

A continuación, hablaremos de algunos apegos que pueden con el tiempo desarrollarse por un abandono.

Apegos seguros

Estos se manifiestan cuando la persona se siente bien y segura, creando intimidad con otros porque pueden confiar en ellos, siendo provistos del cuidado y las atenciones requeridas en la infancia. Los padres no fueron negligentes y siempre atendieron con diligencia.

Siempre pongo el ejemplo de un bebé cuando llora, su quejido es una alerta para que la madre sepa que algo está mal, si se siente debidamente atendido desarrolla una confianza en sus cuidadores. Más adelante en la vida, esos niños crecen con lazos fuertes, y si están en una relación en la que sus necesidades no son cumplidas, suelen trabajarlas con su pareja o irse a buscar algo mejor.

Apegos preocupados, ansioso

Es cuando una persona se vuelve excesivamente dependiente de su pareja y la busca para reafirmar su validación personal. Son personas que nunca se sienten suficientes con sus cónyuges; Ven a su pareja muy por encima de ellos, por eso tratan con toda intención de complacer su media naranja. Pero si ve que esa persona no les valida, entonces no se siente amados.

En casos extremos, podemos observar que algunas mujeres no abandonan relaciones tóxicas porque sienten que, si esa persona no está a su lado, no valen nada. Por esta razón, cuando finalmente deciden dejar esas relaciones, a menudo intentan reemplazarlas rápidamente con personas que muestran los mismos comportamientos tóxicos que su ex pareja. Este apego puede tener sus raíces en la infancia, cuando el niño tenía padres que a veces estaban presentes y otras veces no lo estaban. Esta inconsistencia por parte del cuidador hacía que el niño desarrollara un miedo a sentirse solo, por lo que se aferraba a la figura del cuidador cuando este estaba disponible.

Apego evitativo desdeñoso

Estas son personas que tienden a evitar a toda costa relaciones emocionales o íntimas cercanas, y les resulta difícil expresarse, priorizando su independencia por encima de relaciones estrechas con otros. A veces, esto se debe a un abandono por parte de una figura importante en su familia. Al darse cuenta de que no pueden contar con su cuidador, experimentan un profundo dolor y una tristeza abrumadora. Como adultos, tienden a evitar la creación de lazos emocionales, ya que temen que amigos o parejas también los abandonen. Piensan **"para que no me abandonen, yo lo haré yo primero"**.

Evitativo temeroso

Estas son personas que quieren tener esa intimidad, pero su miedo al rechazo es tan grande que empujan a las personas lejos. Muy dentro de ellos desean formar parte del grupo, pero no quieren causar antipatía hacia ellos.

Experiencias previas

A veces, los traumas surgen en la vida adulta a raíz de rupturas, divorcios o la pérdida de un ser querido. Esto hace que las personas se cuiden en exceso. Cuando experimentan emociones intensas seguidas de un cambio repentino, pueden alejarse de sí mismas. Este tipo de autoabandono es el más perjudicial, ya que es como estar vivos pero sin experimentar la plenitud de la vida. Todos pueden abandonarte, pero abandonarte a ti mismo es como un suicidio en vida.

Baja autoestima

Algunas personas se echan al abandono por no creerse merecedores de amor, y piensan que los demás les dejarán porque sienten que nunca serán lo suficientemente buenos.

Problemas de control

Es tener miedo a que se vayan porque pierdes el control. Tienes terror a ser vulnerable y depender de otros, o a que otros te vean mostrando signos de debilidad. Cuando todo el poder escapa de tus manos y ya no eres quien solías ser, la adrenalina proviene de pensar que todos te abandonarán porque ya no eres ese "alguien" que solías ser.

Con el tiempo todos esos abandonos tanto de los padres o de las parejas, dejan en nosotros heridas que perduran con el paso del tiempo. Tal vez no son percibidas por otros visiblemente, pero en nuestra forma de interactuar reflejamos lo que llevamos por dentro.

> En nuestra forma de interactuar reflejamos lo que por dentro somos y llevamos.

Podemos volvernos fríos, apáticos o carentes de interés en la vida cuando nos sentimos desamparados. Andamos como un barco a la deriva, siendo llevados por las olas del mar, sin ganas de querer zarpar a nuevos horizontes, por miedo a que se agote el brillo de nuestros ojos cuando quisimos aventurarnos a vivir.

Cuenta una historia, que un alpinista iba a escalar una montaña muy alta, tenía a mano todo lo que necesitaba. Era casi un experto. Emprendió su escalada cuando de la nada lo sorprendió una gran tormenta de nieve como jamás había visto en su vida. Con miedo, amarró un lazo en su cintura y lo ató a una estaca, justo cuando un gran viento lo arrojó a lo que él pensó era un precipicio.

Allí colgado, había lamentado tanto su infortunio que empezó a gritar por auxilio. Escuchó a lo lejos en medio de las neblinas unas voces que gritaban "Corta la soga". Pero el muy temeroso no quiso cortarla. Tenía miedo de que solo eran voces y que terminara en una situación peor. A la mañana siguiente fue encontrado muerto a poca distancia del suelo.

Tu soga es el miedo que te ata a tus traumas.

MONSTRUOS EN LA CAMA

La soga era lo que detenía que el estuviera cerca de un suelo seguro donde podía recibir cobertura y ayuda. La soga es el miedo que te ata a tus traumas, si no cortas con ellos y los enfrentas, jamás tocarás suelo ni recibirás la ayuda que tanto necesitas. Negar que tienes miedo es negar que un abandono ocurrió, y si eso te pasó no puede ser negado.

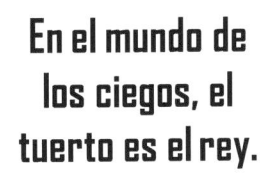

> **En el mundo de los ciegos, el tuerto es el rey.**

Tu mente se quedó estancada en ese preciso momento donde el ser que juró quedarse, por naturaleza o ante la ley, no cumplió su palabra, desencadenando el peor auto sabotaje del mundo.

- Que abandones tus proyectos, sueños y metas.
- Abandonarte a ti mismo.
- Carente de guía, en el mundo de los ciegos, el tuerto es el rey.

Esther Barranco

NOTAS:

MONSTRUOS EN LA CAMA

CAPÍTULO 4
MIEDO AL RECHAZO

Miedo al Rechazo

El rechazo es el acto de desaprobar o invalidar algo o a alguien. Otras traducciones etimológicas lo definen como retroceder. Lo veo como cuando alguien es rechazado, ¿Qué sucede? Retrocede. Puede ser rechazado en el área romántica, esto implica no avanzar en una relación, tanto amorosa como de amistad, ya sea por incompatibilidades de caracteres, estancamiento económico, por la diferencia de metas, de valores, o simplemente por la falta de interés o de atracción.

El miedo al ser rechazado es uno de los temores más comunes en el ser humano. Muchos fuimos a la escuela y de una forma u otra experimentamos el rechazo. Este es conocido porque se nos excluye conscientemente de relaciones o interacciones sociales. Imagínate que estás la escuela, caminando en el recreo y que cierto grupo no quiere que te sientes con ellos, porque tal vez tu estilo de vestir o tu personalidad no combina con el de ellos. Ahora debes irte hasta el final de la cafetería a sentarte solo.

Peor aún, cuando los maestros decían la típica frase: busquen una pareja con quien sentarse a hacer el proyecto, no pedías trabajar junto a uno de ellos, y te quedabas solo por miedo a preguntar y ser rechazado. Pero el peor sentimiento llegaba cuando todos encontraban a esa pareja y tu terminabas solo.

En estos ejemplos tal vez no te identificaste con ninguno, pero puedo asegurarte de que TODOS (teniendo memoria o no) hemos sido rechazados en algún momento. Para algunos de ustedes tal vez empezó cuando estaban en el vientre de su madre.

MONSTRUOS EN LA CAMA

La ciencia demuestra que el primer órgano en formarse en un bebe es el corazón. Y el primer sentido en ser desarrollado es el oído.

Lejos de una exclusión social, algunos inconscientemente guardamos en nuestras memorias las palabras de rechazos que nuestros padres dijeron al saber que estaban esperando un hijo (a). La ciencia demuestra que el primer órgano en formarse en un bebé es el corazón, y el primer sentido en ser desarrollado es el oído.

Algo que escuchas, es algo que guardas. Existen cosas que ambos, padre o madre dicen que como bebés albergamos dentro de nuestros corazones, que cuando nacemos y crecemos llevamos escondidas esas marcas de rechazo.

No logramos entender por qué sentimos que aunque lo hacemos todo bien, no somos suficientes para encajar en ciertos grupos de personas. A partir de ahí cambiamos nuestra forma de vernos, ademanes, y forma de hablar, hasta poder parecernos al grupo que nos rechaza, tratando de poder ser incluidos y aun así seguimos sintiendo que no es suficiente.

Este es el caso de una niña que toda su vida tenía el cabello rizo. Su madre desde el principio le decía "tu cabello es malo". La niña llegó a la escuela y vio a las chicas de cabello lacio, ellas se ven diferentes, y esa diferencia crea un rechazo.

MONSTRUOS EN LA CAMA

La niña oyendo que su mamá le decía que el cabello rizo es malo, opta por lacearse permanentemente el cabello para no ser rechazada por el grupo. Pero si su madre desde un principio le enseñara que el cabello rizo es parte de su identidad y que lacearse para encajar es una forma de ella misma rechazar parte de su identidad, la historia tal vez fuera muchísimo más diferente.

Volviendo al ejemplo del Ello (id) y el Ego (yo), vemos que, si nuestras figuras modelo desde un principio desaprobaron nuestra existencia o simplemente nos rechazaron, entendemos que la sociedad lo hará también. Nos predisponemos a pensar que somos merecedores del rechazo. Tal vez los padres no rechazaron a la criatura en el vientre. Algunos tal vez piensen que jamás oyeron a sus padres diciendo algo que pueda ser percibido como una repulsión, pero sus acciones hicieron méritos para que el hijo (a) se sintiera de esta manera.

> **Sentir el rechazo es algo que muchos experimentamos en algún punto de nuestra vida.**

El rechazo por parte de los padres puede venir de diferentes formas, incluyendo negligencia emocional, abuso físico o verbal, abandono o falta de soporte emocional. La negligencia emocional es cuando el padre falla para responder a necesidades emocionales. Es una falta de atención, de notar o de dar respuesta adecuada a los sentimientos del niño.

Por ende, el rechazo de los padres puede traer consigo a la vida del niño varios problemas como hacerlos sentir no amados o inmerecedores de amor, haciéndoles difícil en su adultez que ellos puedan recibir el amor o aceptarse a sí mismos.

También dicha antipatía puede causar estrés emocional llevando al niño a tener sentimientos de tristeza, rabia, ansiedad o depresión, que en la adultez pueden hacerles daño no solo a él, si no a todos a su alrededor.

En el futuro, encontrar pareja puede afectarles debido a haber sido rechazados por sus padres, lo que dificultará su habilidad para mantener relaciones saludables y les hará difícil confiar en otros debido al miedo a ser abandonados. Esto crea un desafío para que el individuo establezca lazos de intimidad, lo que puede llevarlo a depender de la validación de la pareja con la que decide establecer una conexión emocional.

> **Las razones por las cuales tenemos miedos a ser rechazados son muchas.**

El problema es cuando aceptamos el rechazo en vez de enfrentarlo, viviendo en la mediocridad del pensamiento, creyéndonos esa mentira. Sentir el rechazo es algo que muchos experimentamos en algún punto de nuestra vida, albergamos ese sentimiento de exclusión, de no ser aceptados, quizás debido a la forma que nos vemos, por la forma de vestir o hasta por nuestra clase social, en especial, si físicamente no llenamos las normativas de los estándares de belleza. Todos pasamos por ahí en algún momento porque es parte de la vida, enfrentar eso sanamente nos hace aprender y perderle el miedo.

MONSTRUOS EN LA CAMA

Las razones por las cuales tenemos miedo a ser rechazados son muchas, aquí te comparto algunas:

Queremos sentirnos que pertenecemos:

Como seres sociales que somos tenemos un sentimiento innato de querer ser aceptados, pero el rechazo amenaza el sentimiento de pertenencia que queremos desarrollar en una comunidad o en algún grupo. Este sentimiento entonces nace del miedo de ser excluidos o ser percibidos como alguien sin valor para otros.

Tenemos baja autoestima:

Ser rechazado puede tener un impacto negativo en tus pensamientos y autopercepción. Puede detonar sentimientos de culpa o de vergüenza y desafía la mente sobre nuestro valor. Indirectamente tenemos miedo de que

Esther Barranco

ese rechazo confirme nuestras más ocultas inseguridades y fallas, haciendo que nos alejemos por rechazos futuros.

Dolor emocional o mostrar vulnerabilidad:

El rechazo puede jugar un papel en nuestro estado emocional, es muy doloroso y puede abrir heridas del pasado. El miedo a volver a vivir esas emociones hace que nos alejemos para protegernos de experimentar potencialmente una vez más ese dolor.

El rechazo abre la puerta a la crítica social:

Pensar demasiado que el rechazo abrirá la puerta para que otros nos cuestionen, puede ser un detonante del estrés. No queremos ser juzgados, o ser vistos como menos por los demás y buscamos evadir ser ridiculizados. El miedo de lo que otros piensen de nosotros es más grande que el pensamiento que ellos en realidad tienen, es decir, sacamos de proporción el juicio ajeno porque el miedo creó esa película.

Esther Barranco

Tal vez no fuiste rechazado por tus padres, pero sí en el amor y es muy difícil cuando no somos correspondidos en esa área. El ser humano viene con una programación a reproducirse.

Dejamé explicar esto: en el reino animal, a la hora de conseguir pareja estos buscan cualidades que pondrían a sus crías en ventajas de supervivencia. Los colores exóticos de las aves, la fuerza que puede mostrar un león, entre otras cosas, son los claves a la hora de escoger. Por eso es común que algunos animales albinos se vean en desventaja ya que puede ser visto por la pareja como débiles e incapaces de poder mezclarse entre la selva para sobrevivir. Por ende, los animales que no pueden encontrar una pareja para procrear crías viables se ven condenado a extinguirse.

Las hembras en el reino animal siempre buscan pasar de generación en generación atributos fuertes que puedan poner en ventajas a sus crías, al igual el macho, estos pueden detectar (en ocasiones) si la hembra es estéril, entonces se alejan de ella, pues se entiende que la ley de la jungla es "el fuerte sobrevive".

El problema está que a veces la primera opción en aceptar no es siempre lo mejor.

No digo que las personas anden por el mundo rechazando para poder sobrevivir en la selva de concreto, pero sí que el rechazo en el amor es algo que fue aprendido evolutivamente. A la hora de escoger siempre se presta atención a factores que ayudarán en la seguridad, el bienestar y la protección de lo que en un futuro se llamará familia.

Ser rechazado amorosamente pone en la persona un sentir de peligro pensando que no podrá procrearse, o que no podrá formar descendencia. La murmuración pública o el estrés biológico pueden infundir en el miedo de ser rechazados en esa vía. Entendemos que con el paso de los años existe una desventaja en el reloj biológico. Las mujeres después de los treinta años pueden estar en riesgo de que sus bebés tengan problemas, y a la llegada de la menopausia es casi imposible poder procrear. El hombre entra también en una andropausia que, aunque aún puede procrearse, su conteo de espermatozoides va a ir en descenso.

> **Los límites son factores que eres capaz de tolerar y no tolerar en una relación.**

> **Pero la vida no se trata de lo que ocurrió, sino de lo que a partir de hoy tú quieres que ocurra.**

Son muchas las presiones que pueden llevar al ser humano al sentimiento de frustración, cuando es rechazado en el amor. Como también puede llevarlo al extremo de pensar que debe conseguirse a quien primero lo acepte, debido a los factores antes expuestos. El problema está que a veces la primera opción que aceptas no es siempre la mejor. Imagínate abriendo la puerta de tu corazón a alguien y luego ser rechazado en varias ocasiones, por el simple hecho de que ese (a) si te aceptó. Idolatras a esa persona abandonándote a ti mismo (a), porque jamás supiste qué significaba ser acogido por alguien.

Cuando esto llega a pasar es difícil poder estableces límites en la pareja. Los límites son los factores que eres capaz de tolerar o no en una relación. Pero cuando no hay límites, aguantas lo que sea porque, inconscientemente eres leal a la única persona que no te rechazó. Eso no es amor. Lo peor es cuando la persona sabe que ese es tu talón de Aquiles, y si no te ayuda a sanarlo puedes estar cayendo en las garras de un abusador (a), o de una relación que jamás te dejará libre.

La búsqueda inquietante de ser aprobado por una figura de poder o de la cual sientes alta admiración es el grito de tu ser queriendo ser aceptado por tus padres.

MONSTRUOS EN LA CAMA

El problema es que deberíamos ver el rechazo como una forma de autoevaluar aquellas cosas que debemos mejorar. En verdad no podemos cambiar el pasado, pero la vida no se trata de lo que ocurrió, sino de lo que a partir de hoy quieres que ocurra. Quizás nunca estuviste en control de tu pasado, así que por más que le entregues a un niño un avión, jamás podrá pilotearlo, por ende, no puedes acusarte de las cosas de tu infancia que no pudiste cambiar, aquellas cosas que te ocurrieron cuando eras pequeño y puduste defenderte.

MONSTRUOS EN LA CAMA

Pero ahora que eres adulto puedes autoevaluar qué cosas quieres cambiar, esas que puedan llevarte al estado de aceptación que deseas. Por más que busques que otros te acepten, si tú mismo no lo haces, jamás podrás ser aceptado. La búsqueda inquietante de ser aprobado por una figura de poder, de la cual sientes alta admiración, es el grito de tu interior queriendo ser aceptado por tus padres.

Buscas en otros satisfacer las carencias que tienes, desarrollando apegos que son difíciles de dejar ir.

MONSTRUOS EN LA CAMA

NOTAS

CAPÍTULO 5
MIEDO AL FRACASO

Miedo al Fracaso

Alguna vez en nuestra vida nos vimos frenados a tomar una decisión apresurada, porque sabíamos que podíamos perderlo todo. Estamos tan atados a personas, posesiones y estatus que se nos hace difícil soñar mas allá, por miedo a un día perderlo todo. Está bien hasta cierto punto tener esta clase de miedos. Este nos ayuda a reevaluar oportunidades, darnos cuenta de nuestras capacidades y limitantes, como también nos ayuda a preparar el plan de "rescate" o el famoso "plan B" por si toda falla. Somos expertos creando miles de alternativas para una decisión, porque entendemos los riesgos. Pero cuando nuestro miedo a perder obstaculiza nuestro desarrollo hacia una meta, entonces nos estancamos. Está bien tener miedo a lo desconocido.

MONSTRUOS EN LA CAMA

Cristóbal Colón un día se subió a navegar con sus tripulantes a lo desconocido. En aquel tiempo, se decía que la tierra era plana y que cuando llegaban hasta el horizonte todo caía al vacío. Colón por otra parte, tenía una teoría de que la tierra más que ser plana tenía un aspecto redondo, comparándola en algunos libros a la circunferencia de una naranja o una pera. Desesperado por encontrar otra ruta hacia la india, se subió en un barco a lo desconocido.

Conocemos según la historia que Crsitóbal Colón llegó a descubrir un nuevo continente, pero nadie comenta que tuvo muchísimo miedo, pues en su diario escribía que los tripulantes lo querían matar por llevar tanto tiempo en el mar sin encontrar tierra firme. No fue hasta que vieron la isla Salvador que su tripulación tuvo paz. De hecho, le llamó Salvador porque si no encontraba esa isla, su tripulación lo iba a matar. Aquella isla literalmente lo salvó.

> **El miedo a lo desconocido más que ser un ancla en la vida, debería de ser una plataforma para soñar en lo que PUEDE SER.**

El miedo a lo desconocido más que ser un ancla en la vida, debería de ser una plataforma para soñar en lo que **PUEDE SER**, en qué hay más allá de lo que nuestros ojos pueden ver. Que multitudes de cosas increíbles pueden habitar fuera de nuestra zona de confort.

> **Es clave entender que en esta vida todos llegan para bendecirnos o darnos una lección.**

Conozco a muchas personas que al día de hoy no se relacionan con nadie ni crean vínculos de amistad por miedo a un día perderlos. El caso está en que a veces cuando sufrimos la pérdida de un ser querido de mucho valor para nosotros, nos encerramos en un duelo no resuelto, evitando así el acceso a nuevas personas, porque creemos que tarde o temprano las vamos a perder.

El no dejar a ir a personas cuando su tiempo llegó puede volverse tu peor error. Esos mismos que en un momento fueron de gran ayuda, pueden convertirse en tus procesos más dolorosos.

Es normal perder personas en nuestras vidas. A veces no solo son pérdidas por una muerte, sino más bien por una separación no deseada. Es clave entender que en esta vida todos llegan para bendecirnos o darnos una lección. Las personas que deben irse de tu vida cumplieron su rol en ella; La vida las empuja lejos de ti, porque el camino que te toca recorrer no es el mismo que el de ellos y duele bastante, pues al interactuar con ellas compartimos también parte de nuestra esencia, pero al recordar los momentos vividos a su lado debe hacernos ver lo mucho que como persona hemos crecido. El no dejar a ir a personas cuando su tiempo llegó, puede volverse tu peor error.

MONSTRUOS EN LA CAMA

Esos que en un momento fueron de gran ayuda, pueden convertirse en tus procesos más dolorosos.

El ser humano aprende de dos formas: la primera es a través del éxito, la segunda, a través del fracaso. De hecho, Una vez le dijeron a Thomas Edison, el inventor de la bombilla –Qué pena fallaste mil veces en tus experimentos para llegar a la bombilla, a lo que él les respondió diciendo –No fallé mil veces, solo encontré mil formas de cómo no hacerla. Una persona exitosa no es aquella que no haya perdido ni una vez, sino, una que a pesar de perder siguió intentándolo. Verdaderamente perdiste cuando te rendiste y decidiste abandonar tu lucha.

MONSTRUOS EN LA CAMA

Muchos podemos argumentar diferentes clases de pérdidas, tal vez la peor fue la de un juego que tu equipo favorito perdió. Para otros, la peor pérdida es la de un familiar o un amigo. **Para mí, la peor es perderse a uno mismo en el camino hacia nuestros sueños, es decir, la pérdida de sí mismo, cuando nos abandonamos y no avanzamos a lo desconocido, porque el miedo a perder todo nos paralizó.**

Somos como las aves. Al nacer somos acorrucados y criados por nuestros sueños. Pero un día ellos nos pedirán salir del nido para verlos hecho realidad, pero tomará dar un paso de fe y saltar a lo desconocido. Cuando lo hagas, cuando salgas, dos cosas pueden pasar: O abres tus alas y aprendes a volar hacia ellos, o ellos proveerán unas tiernas manos para atraparte y no dejarte caer.

El miedo ilógico a perder, en la vida lo veo conectado con una niñez donde se te exigió demasiado y por temor decepcionar a las figuras de autoridad, no te permitiste fallar y empezar de nuevo. Has de sentir vergüenza cuando que ves tus pérdidas y fracasos reflejados en el éxito de tus compañeros. Ese sentimiento de sentirte excluido de una celebración que sientes debías formar parte. Esas caras de desagrado de las personas de alto valor emocional para ti, mezclados con el sentimiento de que no eres suficientemente bueno. Esos pensamientos de comparación que más adelante se vuelven los peores demonios.

Cuando vives en una realidad de fracaso, interpretas que las demás cosas en la vida seguirán por el mismo rumbo.

Esther Barranco

En verdad, el miedo a fracasar está condicionado a varios factores: Si entiendes el por qué tal vez entenderás el cómo:

La Interpretación

Solemos atribuirle algo a una situación basado en lo que entendemos o conocemos. El problema de la interpretación que le das, es que no es una verdad absoluta; Tu razonamiento sobre dicha situación es solo el reflejo de tu realidad. Cuando vives en una realidad de fracaso, interpretas que las demás cosas en la vida seguirán por el mismo rumbo.

Imagínate cuando eras niño (a), en algún momento de la infancia tuviste una competencia, quizás participando en algún deporte, tal vez en una feria de ciencias o algún proyecto escolar. Es muy común en esos ambientes ver el involucramiento de los padres supervisando dichos acontecimientos.

Si los padres estuvieron ausentes, o presentes ausentes, pudieron influir en la forma que como adulto interpretas la situación. Si los padres estuvieron ausentes, es normal que haya cierta inseguridad en el niño, sin contar que hace falta de una supervisión que les ayude a tomar decisiones sabias a la hora de sus proyectos. Si los padres son presentes ausentes, físicamente están, pero emocionalmente no ayudan al niño a tomar resoluciones efectivas en la circunstancia.

Es peor cuando los padres desaniman con palabras denigrantes que el niño haya perdido. Palabras como –no sirves para nada, –perdiste porque no eres bueno, –eres un fracasado como x persona, pueden ser palabras que marquen al niño, entonces, para no repetir dicha desgracia y tristeza se arropa en el rechazo de no querer arriesgarse.

Sacando a los padres e involucrando al niño, la presión escolar es aún mayor. Perder genera una sensación de división entre los que pudieron y los que no pudieron. Es común que los ganadores a veces hagan sentir menos a aquellos que perdieron.

Las burlas, la sensación de no pertenecer y el acoso pueden llevar a que un niño desarrolle una baja autoestima de fracaso, que luego se refleja en su percepción de la vida como adulto. Si provienes de un entorno marcado por la derrota, te resultará difícil visualizarte como victorioso en el futuro..

La anticipación

Otro factor que pone en riesgo que nos aventuremos a intentar algo, es la anticipación. Aunque lo que pensamos no ha pasado físicamente, mentalmente jugamos con los diferentes escenarios que pudieran ocurrir. En cierta forma es bueno porque la anticipación nos ayuda a planificar, pero cuando la anticipación va acompañada de experiencias antiguas encaminadas al fracaso, se nos hace difícil ver algo diferente.

Somos afectados por las cosas del pasado sin resolver. Cuando no se tiene un sistema de apoyo al cual recurrir si las cosas salen mal, se hace difícil tomar la decisión de hacerlo realidad.

Retomando el ejemplo del niño; si, cuando falla en una competencia, no encuentra apoyo ni palabras de validación para procesar su sentimiento de pérdida, es probable que, cuando sea adulto, evite tomar riesgos.

Es un niño intentando procesar emociones propias de adultos. Si no cuenta con la guía de un adulto emocionalmente saludable que lo ayude a comprender y canalizar adecuadamente sus emociones, podríamos causarle heridas que, con el tiempo, lo predispongan a evitar tomar riesgos y conformarse.

Esta actitud conformista surge cuando me encuentro en un área en la que me siento cómodo y tengo un buen desempeño. Sin embargo, desde el momento en que considero que podrían trasladarme a un lugar desconocido, me resisto porque no tengo confianza en mi capacidad para desenvolverme en nuevos territorios. Aprender cosas nuevas se convierte en un desafío, ya que la única forma de saber si he aprendido es a través de las pruebas, y estas ponen en riesgo el posible éxito.

Por último, la valoración

El dolor de la primera derrota afecta nuestra propia percepción, haciéndonos creer que no somos lo suficientemente capaces para lograr algo significativo, que estamos destinados a la derrota constante.

Si vivimos con la creencia de que no somos capaces de alcanzar nuestros objetivos y cumplir nuestros planes, una mentalidad catastrófica de fracaso nos acompañará siempre.

A lo largo de la vida, las personas a nuestro alrededor se preguntarán por qué no hemos logrado más de lo que ya tenemos. Esto no se debe a la falta de recursos, sino al conformismo que ha surgido a raíz del miedo al fracaso. ¿Por qué esforzarse por mejorar cuando lo que tenemos parece suficiente para sobrevivir?

Sobrevivir, cualquiera puede hacerlo, pero experimentar la plenitud es un sentimiento que nunca encontrarás si sigues pensando que naciste para estar en el suelo en lugar de alcanzar las alturas. Nunca he visto a un águila planificar con tanto esmero su vuelo. Cuando comprendes que en tu ADN llevas la capacidad de lograr todo lo que te propongas, comenzarás a percibir que tus sueños se vuelven más fáciles.

Debemos tener claro que si cierras los ojos en estos momentos, podrás verte celebrando ese negocio soñado. Si tu imaginación aún puede proyectar el futuro como lo soñaste, y sientes en tu presente esa emoción, felicidades, has logrado la mitad del plan.

MONSTRUOS EN LA CAMA

Cuando en el mundo de las ideas creas lo que tanto deseas hacer o ser, eso generará en ti un propósito, y ese propósito despertará una pasión que te conducirá hacia una misión para cumplir esa visión. Si te rindes, nunca hubo pasión, solo fue emoción. Las emociones son efímeras, como la luna.

En cierta ocasión en la obra de teatro Romeo y Julieta, hubo una escena que llamó la atención. En esta, Julieta está en el balcón contemplando la luna, añorando con altos deseos de volver a ver a Romeo, cuando de la nada, Romeo sale de un arbusto y empieza su dialogo. En él, Romeo le dice a Julieta que la amaba, pero que juraba su amor por ella con la luna, a lo que Julieta le respondió –Romeo no me jures que me amas por la luna, porque la luna cambia.

El dinero no parará de seguirse creando. Lo que si necesitas es traerlo a ti.

Esther Barranco

La emoción de empezar un sueño no es el combustible principal para lograrlo, pero la pasión lo es. La pasión se aviva porque ya te viste en el futuro disfrutando de lo que sabes que puedes lograr hacer.

La pasión hace que si fallas vuelvas a intentarlo, te hace sentir que naciste para estar en ese lugar donde pudiste verte. Si lo soñaste, está creado, pero debes entender que existe en un plano donde solo tú tienes acceso y que estás equipado para volverlo una realidad, porque todo lo que necesitas ya está hecho.

No puedes conformarte con el fracaso solo porque existen personas que te quieren ver ahí.

En una ocasión escuché a alguien quejarse de que le hacía falta dinero para hacer realidad sus planes, y un amigo le respondió –No necesitas el dinero porque, el dinero está hecho. El dinero se sigue fabricando, y no pararán de seguirlo fabricando, lo que necesitas es traerlo a ti. Enfócate en saber que lo que necesitas esté hecho, pero el plan debe involucrar la creación de ciertas estartegias para atraerlo hacia ti. Rodéate de las personas adecuadas y abre las puertas a aquellos que no comprendan hacia dónde vas. No puedes conformarte con el fracaso solo porque existen personas que te quieren ver así. Existen amistades o familiares que no han logrado mucho en la vida y que pueden intentar influir en que te conformes con la mediocridad. En ocasiones, para evitar que tus logros invaliden los suyos, te restringes y te resistes a avanzar desde donde te encuentras.

Conozco casos de personas que se abstienen de hacer cosas fuera de lo normal porque los comentarios de fracaso no vienen de sus mismos pensamientos, sino, que las experiencias de fracaso de otros moldean su realidad.

El fracaso entonces empieza en el momento cuando comentas tus planes con personas que no tienen la capacidad de elevar su entendimiento. Cuando tus planes se convierten en una amenaza de progreso para ellos.

El éxito a menudo te lleva a cambiar tu círculo social actual, impulsándote a establecer nuevas amistades. Abrir un negocio puede parecer un desafío abrumador para alguien que nunca lo ha hecho, pero no lo es para alguien con experiencia empresarial. Por lo tanto, si en tu entorno no encuentras personas con una mentalidad empresarial, es probable que no te sean de mucha ayuda cuando se trata de negocios, y por miedo a no tener cosas en común con ellos, a veces no te arriesgas a tomar la decisión.

No fracasarías en llevarlo a cabo, pero sí en perder personas que consideras amigos porque no entienden en qué nivel estás. El fracaso comienza cuando compartes tus planes con personas que no tienen la capacidad de comprenderlos, especialmente si tus metas representan una amenaza para su propio progreso.

Al hacerlo, de manera indirecta, estás desafiando a los demás a hacer algo, a superarse a sí mismos. Y eso a ellos les da miedo igual pues no todos están listos para evolucionar al mismo ritmo que tú. Cada persona eleva su mente a su propio ritmo y hacia donde pertenece.

El triunfo nunca se concibe sin enfrentar fracasos, ya que nunca fracasas tanto como cuando dejas de intentarlo. Jamás serás víctima de la derrota si programas tu mente para visualizarte realizando tus sueños. Es mentira lo que dicen algunas personas cuando exclaman, que el lugar más rico del mundo es el banco, o cuando empiezan a nombrar a millonarios diciendo –Si juntáramos a todos los millonarios, ahí estaría todo el dinero del mundo. Hay quienes dicen que buscando en el fondo del mar estarán las riquezas más grandes jamás vistas.

> Se vale tener miedo, pero también se vale soñar en grande.

Para nuestra gran sorpresa, el lugar más millonario del mundo es el cementerio, donde descansan aquellos que alguna vez tuvieron grandes sueños y aspiraciones en su vida. Ahí quedaron las esperanzas de adquirir un futuro mejor. Allí reposan los restos de personas a quienes el miedo al fracaso paralizó, enterrando sus ambiciones millonaria. solo porque un miedo les dijo que no eran capaces, Esto sucedió solo porque el miedo les susurró que no eran capaces, solo porque en el pasado alguien les dijo que no eran suficientes. Sus amistades, día tras día, les repetían que nunca lo lograrían.

Si sigues leyendo sin conocerte, quiero decirte que creo en ti. Si deseas publicar un libro, adelante. Si has considerado emprender un negocio, esta es la señal que esperabas. Si quieres comprar una casa o un carro, hazlo. **Se vale tener miedo, pero también se vale soñar en grande.**

Sueña tan grande que tus propios sueños te asusten por su grandeza. La mayoría de las personas no te enseñarán el camino al éxito, pero cuando te vean logralo se unirán a decirte cómo hacerlo, pero cuando llegues a la cima te darás

Esther Barranco

cuenta de que valió la pena cada fracaso en tu vida, que todo lo que pasaste te preparó para la cúspide de la montaña, que al principio escalarla te dio miedo porque no sabías cómo hacerlo, pero nunca te rendiste, aún cuando te caíste y quedaste sin fuerzas; tus ganas de llegar lejos y superarte se convirtieron en el combustible que alimentaba el deseo de seguir. Vistes a muchos ir y venir, pero, aunque se fueron, tú te quedaste, creando resiliencia, constancia y compromiso.

Cuando llegues a la sima te darás cuenta de que valió la pena cada fracaso en tu vida.

Aunque pudiste desenfocarte en varias ocasiones, recordaste para que naciste y una vez más seguiste. Cuando llegaste a la cima entendiste que pertenecías a esa altura, que tu camino solo te preparó para que vieras al horizonte y empieces otra travesía. Tal vez cansado (a) pero ya sin miedo.

Si te cortaron tus alas hoy es un buen día para volver a reinventarte.

MONSTRUOS EN LA CAMA

Cuando vayas bajando, mirarás con ojos de alegría a aquellos que van a subir la misma montaña que a ti te tocó. Tal vez las lágrimas caigan de tu rostro porque verás a esas personas y te entenderás en ellos que a su vez te mirarán y te entenderán. Tal vez la vida te detenga a que le cuentes tus historias, para animarlos a no rendirse. Tal vez solo te detengas lo suficiente para brindarles una sonrisa. Pero siempre con un corazón agradecido de haber llegado.

Un día alguien mirará tu sendero y decidirá caminarlo. Tu les abriste paso a ellos (as).

Si te cortaron las alas, hoy es un buen día para volver a reinventarte. Hazlo aunque sea con miedo, pero hazlo.

MONSTRUOS EN LA CAMA

NOTAS:

MONSTRUOS EN LA CAMA

CAPÍTULO 6
¿CÓMO ENFRENTARLOS?

¿Cómo enfrentarlos?

La mayoría de las veces, vamos por el mundo tratando de ayudar a los demás, queriendo corregir lo que vemos mal en ellos, inconscientemente sabiendo que buscamos arreglar algo en nosotros mismos. Identificar qué área está dañada en el alma de otra persona es una forma de autoevaluación. Por eso, a veces, ofrecemos excelentes consejos a nuestros amigos sobre situaciones con las que nosotros mismos luchamos sin siquiera ser conscientes. Nos vemos reflejados en aquellos a quienes intentamos ayudar. Antes de salir al mundo para ayudar a otros, debemos primero ayudarnos a nosotros mismos. Un enfermo jamás podrá darle salud a otro enfermo. solo un sano puede sanar. Si aun vives luchando con tus miedos y limitaciones, pero sin querer superarte, estás condenado a esparcir el miedo en todo lo que toques. Hablaríamos de una epidemia.

MONSTRUOS EN LA CAMA

Imagina que no te lavas las manos antes de comer, corres el riesgo de enfermarte. Lo mismo sucede cuando no dominas tus miedos en tus acciones. Cuando el miedo se descontrola en tu interior, puede enfermar todos tus planes. La palabra 'enfermar' proviene del latín 'infirmus', que significa 'no firme'. Si construyes algo con un miedo no controlado, haces que todos tus proyectos se tambaleen desde el principio, pues nunca fueron firmes.

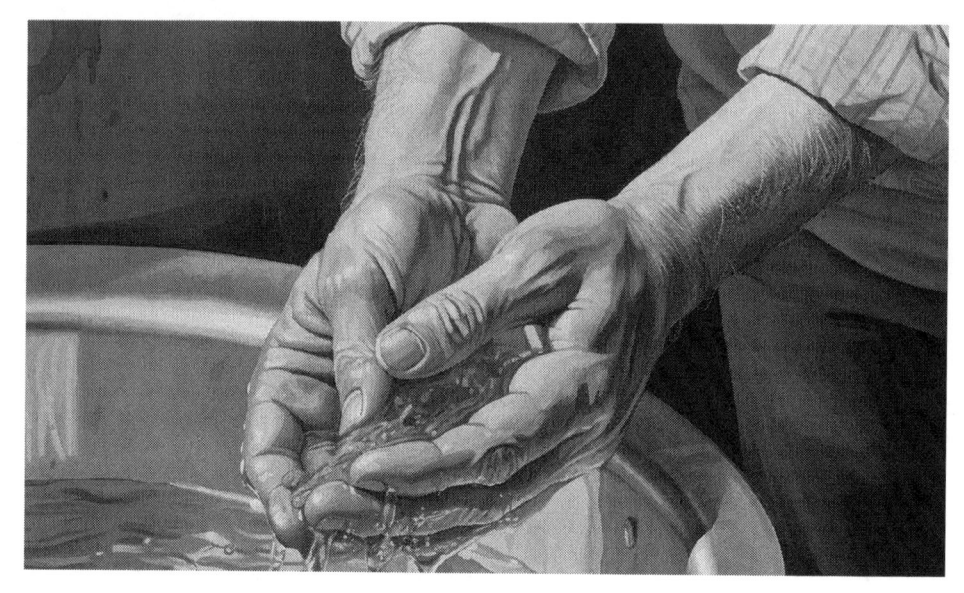

"Cuando sientes miedo, este actúa como un imán para atraer precisamente aquello que le temes. El ser humano no solo atrae lo que es, sino también lo que teme. Mentalmente, seguirás atrayendo el mismo caos que tanto intentas evitar. El maltrato, los abusos y la violencia parecen repetirse en tu vida porque temes caer nuevamente en una relación similar. Cuando el miedo nubla la percepción, la duda toma el control y, a veces, no permite ver con claridad el panorama.

MONSTRUOS EN LA CAMA

En primer lugar, es importante realizar un autoanálisis. A menudo, vivimos nuestras vidas de manera tan rutinaria que no nos damos cuenta del miedo en el que estamos inmersos. Nos hemos acostumbrado tanto a él que llegamos a considerarlo normal, sin percatarnos de que en realidad estamos atrapados.

El problema con el miedo es que actúa como un hábil secuestrador: te deja las llaves para que puedas salir de la prisión en la que te ha encerrado, pero las coloca de manera tan ingeniosa para que nunca salgas.

La ilusión más grande es creerte libre cuando tus miedos son tus verdugos.

Nunca te das cuentas que estás ahí hasta que te vez estancado en lo mismo. Vez la vida pasar, pero sientes que no avanzas.

MONSTRUOS EN LA CAMA

Puedes pasar toda tu vida culpando a otros por tu estancamiento, pero tal vez no te hayas dado cuenta de que tenías la voluntad de liberarte por ti mismo, simplemente no quisiste. La ilusión más grande es creerte libre cuando tus miedos son tus verdugos.

Una vez que aceptes que, si hay un problema, el siguiente paso es querer superarlo, te sorprenderá la cantidad de personas que no quieren superar sus miedos, por el hecho de que les gusta su estado de víctima, les gusta ser vistos como menos afortunados para generar empatía y aprovecharse de otros.

Los parásitos emocionales existen. Si pueden beneficiarse de una historia triste que les brinde ventajas, es poco probable que deseen salir de ahí. Sus miedos les han proporcionado un sistema para alimentarse de otros, y nadie en su sano juicio abandonaría su fuente de alimentación. Imagina hacer un pacto con tus propios temores y contigo mismo para sabotear tu propio progreso.

Tu no solo vives cuando sales del vientre de tu madre. Empiezas a vivir nuevamente cuando conquistas tus miedos.

Salir de las garras de tus propios monstruos es dar inicio a una nueva vida. No solo comenzamos a vivir cuando salimos del vientre de nuestra madre sino que volvemos a vivir cuando conquistamos nuestros miedos.

MONSTRUOS EN LA CAMA

Desde el vientre de tu madre tenías miedo. Escuchabas sonidos extraños, anticipabas lo desconocido del mundo exterior y sentías las dificultades que te esperaban. A pesar de ello, cuando llegó el momento y tu tiempo de abandonar ese refugio llegó, viste la luz y experimentaste el miedo, pero sabías que era el momento adecuado. Empujaste con fuerza y determinación, con miedo pero con la convicción de que era hora de adentrarte en otro plano. Como un auténtico campeón, te abriste paso hacia lo desconocido, diste tu primer llanto y tomaste tu primer aliento. Naciste.

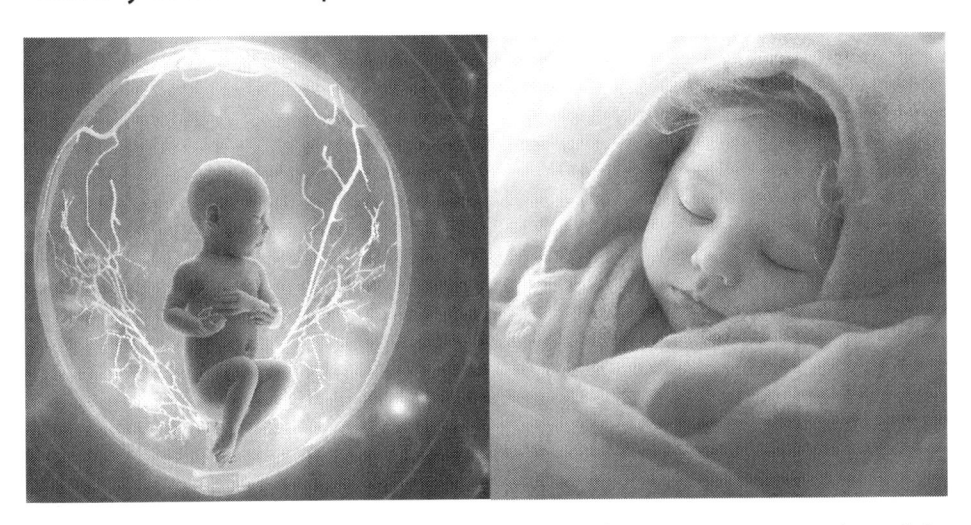

Todo el proceso lo hiciste con miedo, siempre estaba ahí, pero tu naturaleza impertinente e indomable sabía que más allá del miedo estaba tu vida. Eres un conquistador desde que luchaste con miedo y venciste. Si lo pudiste hacer desde tu nacimiento, qué te hace pensar que no lo volverás a hacer.

Nacerás una y mil veces más cada vez que quieras intentar algo nuevo, cada vez que escuches un "no", cuando te despiertas y te das cuenta de que hay un nuevo camino por recorrer.

Esther Barranco

Volverás a sentir una y otra vez que serás expulsado (a) de ese vientre hacia lo desconocido.

Es difícil asumir que tenemos miedos. Aún más complicado es aceptarlos o expresarlos en voz alta, no solo porque a veces no somos conscientes de ellos, sino por varios factores adicionales. A menudo, evitamos reconocer nuestros miedos porque no deseamos parecer vulnerables o débiles, especialmente si ocupamos una posición de poder o autoridad.

> **El origen del mal que te molesta no está en los demás, está en ti.**

La mayoría de las veces, el temor a ser percibidos vulnerables nos expone ante la sociedad como personas frágiles. Esa es la misma debilidad que nos conlleva a guardar nuestros miedos debajo de la cama para que nadie los vea. Interiorizamos cosas que tuvieron que ser resueltas y no escondidas.

Pero eventualmente, cuando las personas empiezan a caminar hacia lo profundo de nuestro ser, explorando nuestra habitación, es posible que esos miedos que hemos guardado durante tanto tiempo salgan a recibirlos e incluso, hasta cierto punto, los alejen.

> **Muy en el fondo por más mal que otra persona te haga, si no conectas con esa oscuridad (porque está resuelta en ti) JAMÁS serás ofendido (a) por los demás.**

Esther Barranco

Puedes responder de forma ofensiva a la otra persona. sin tomar en cuenta los sentimientos de ellos. Explotarás ante la mínima situación, buscarás millones de pretextos y excusas, pero nunca asumirás una lupa para verte a ti mismo.

No señores, nuestros peores enemigos no son aquellos que dudan de nuestras capacidades. No son aquellos que pensamos "nos quieren ver mal". Tu peor enemigo no son los que hoy tiene bloqueados de tus redes. Tu peor enemigo eres tú.

El origen de los mostruos que te persiguen, no está en los demás, sino en ti mismo. A menudo, proyectamos en otra persona nuestras propias sombras, viendo en ella la oscuridad con la que lidiamos internamente. Muy en el fondo, por más daño que otra persona te haga, si no conectas con esa oscuridad (porque ya la hemos resuelto en nosotros mismos), jamás seremos heridos por las acciones de otros.

A veces, buscamos resolver los problemas de los demás sin percatarnos de que debemos realizar un autoanálisis en nosotros mismos, que al final es parte del crecimiento. Todo ser humano vive evolucionando mentalmente. Lo que pensábamos cuando éramos niños no es lo mismo que pensamos en el presente, y puedo asegurarte que lo que pienses de ti mismo ahora cambiará en los próximos diez años.

MONSTRUOS EN LA CAMA

La belleza radica en comprenderse a uno mismo. Buscar soluciones en tu interior. Si tu niño interior está fracturado debido a traumas del pasado, como adulto puedes retroceder en el tiempo y decirle a tu niño interior que, si en su momento no tuvo a alguien que lo cuidara y defendiera, ahora lo harás tú.

Muchas personas pueden decir, "te amo". Pero en verdad aman tu luz y lo que eres.

Tu yo adulto cuidará de tu niño interior, ya que solo tú conoces la mejor manera de cuidarte y amarte. Eres consciente de lo que te enfurece y lo que te hace feliz, de lo que te gusta escuchar y lo que no. Comenzarás a explorarte, y esto no será simplemente una transición ni una nueva etapa, sino un emocionante viaje hacia el autoconocimiento. Cuando tu niño interior se siente amado y comprendido por ti, tu yo adulto será tan feliz que buscará a alguien con quien compartir esa felicidad. Querido(a), nadie en su sano juicio se casa para buscar la felicidad; más bien, uno se casa cuando ya es verdaderamente feliz.

Muchas personas pueden decir "te amo", pero en realidad aman tu luz y lo que eres. Ese es un amor a medias. **Solo una persona que ha visto tus monstruos y decide quedarse para ayudarte, es quien en verdaderamente te ama,** porque han presenciado tanto

Esther Barranco

tu luz como tu oscuridad, y aún en los momentos más difíciles optan por quedarse y apoyarte.

Ellos al mismo tiempo, siendo iluminados por ti, encontraran el valor de enfrentar sus propios monstruos. Sin darte cuenta eres la luz que esperaban, el ángel que necesitaban y las respuestas que tanto anhelaban. Al encontrarte a ti mismo, ayudarás a que otros también a encontrarse.

A veces no queremos aceptar nuestros miedos por evadir a ser juzgados. No todas las personas sufren de los mismos miedos, ya que cada uno de nosotros proviene de antecedentes y experiencias diferentes. Sin embargo, en nuestro deseo de conectarnos con los demás, a menudo compartimos temores similares para encajar y relacionarnos mejor. Hasta cierto punto para entender, procesar, canalizar y normalizar sus experiencias. Pero al vernos padeciendo de diferentes miedos a los demás, miedos que en casos de otros han sido superados, nos evoca una resistencia a no abrirnos. Por eso, es clave saber con quiénes somos honestos acerca de lo que nos ocurre. Como hay personas que pueden juzgarte y burlarse, existen otros que pueden empatizar contigo y ayudarte.

Esas personas son claves para ayudarte a poder entender lo que tienes, y sobre todo, a tener paciencia hasta poder lograr conquistar tus miedos.

Admitir un miedo nos hace sentir en ciertos momentos como que perdemos el control de situaciones, en los que entregamos el poder a otra persona, dándole la autoridad de manipularnos. Hasta cierto punto nos abre a la posibilidad de sentirnos avergonzados porque usualmente creemos que sedemos esa autoridad a personas racionales y dueños de su cordura emocional. Sin embargo, no nos damos cuenta de que todo ser humano tiene miedo. Algunos son más grandes de controlar que otros, pero no debemos dejar que esos miedos tomen el mando del carro que lleva el rumbo de nuestro destino. Siempre digo que el miedo debe ser un consejero, pero nunca debe ser quien tome las decisiones. Él debe ayudarte a evaluar los pros y contras de tus decisiones cuando el momento lo amerite.

Por eso, mientras más rápido admitamos que el chofer de nuestro carro es el miedo y no un mismo, más rápido podemos empezar a trabajar en un plan para que el miedo sea un asesor y no el conductor.

Recuerda, si dejas que el miedo guíe tu vida, jamás llegarás a donde soñaste, sino hasta donde ellos quieran. Hay un refrán que resa: "quien no sabe hacia dónde va, llegó hacia donde quería".

Una vez que hayas aceptado que tienes miedo a algo, tu primer paso es identificar a qué le temes. Esto es algo que solo te concierne a tí. Si esos miedos son irracionales por traumas del pasado ocurridos en tu niñez o en la adultez, debes dejar que sanen.

Anhelamos sanar las heridas del pasado rápidamente, y es comprensible la urgencia por recuperarnos. Sin embargo, es importante entender que algunas cosas requieren tiempo. La impaciencia puede hacernos sentir aliviados superficialmente, pero en realidad solo estamos sosteniendo los puntos de sutura de la herida. Si tocamos o estresamos esos puntos, la herida se abre de nuevo y volvemos al punto de partida.

Llega un momento que el cuerpo trata de sanar alguna herida enviando una señal a las plaquetas para que hagan de su trabajo, y donde había una pequeña herida se forma una costra, pero cuando quitas esa capa vuelves a lastimar lo que pensaste que estaba sano. Solo el tiempo dicta cuándo se puede caer la costra por si sola.

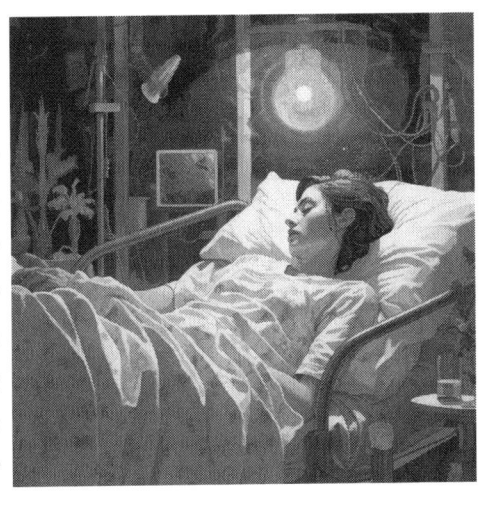

Así mismo somos nosotros. Queremos acelerar en nuestras vidas los procesos que toman tiempo, los cuales se toman el su propio tiempo. No comparea tu camino de la sanidad con el nadie. Un día te levantas creyendo que lo superaste, pero otro día despiertas volviendo a luchar con eso.

Cada persona es única, y cada camino es distinto. No importa si un camino es más largo o más corto que otro, lo que importa es que sea tu camino desde el momento en que pusiste un pie en él y comenzaste a caminar. A partir de ese instante, ese sendero se volvió tuyo. Así que cualquier sendero que elijas ahora tiene valor, simplemente porque lo has hecho tuyo.

Permítete sentir el dolor. Da rienda suelta a las lágrimas. A menudo, la cultura nos hace ver el dolor como una muestra de debilidad, pero en realidad, el dolor a veces es una señal de que estás vivo. **Después de todo, solo aquellos que están muertos no sienten nada, y hasta ellos sintieron en algún momento.**

Establecer raíces en el pasado nunca logrará nutrir tu futuro, ya que toda tu energía se invertirá en algo que ya ha ocurrido y no puede cambiar. No podemos retroceder en una máquina del tiempo, pero al aprender a soltar, perdonar y sanar, podemos fortalecer las raíces de nuestro futuro en el presente.

Perdónate, perdónalos y sigue caminando. Sus monstruos les jugaron una mala pasada y ahora quieren venir a dañarte. Pero nadie te daña si no le das ese poder. Tú tienes el poder de aceptar o rechazar cosas a tu vida.

Cuando permites que alguien te hiera, en realidad te lastimas a ti mismo(a) al otorgarles ese poder. Desde el momento en que adoptas las limitaciones impuestas por otros, comienzas a perder terreno.

> No todos podrán estar presentes en tu proceso al cambio, pero sí el día que te toque volar.

Es beneficioso recordar quiénes éramos y quiénes somos. Reconectar con nuestra identidad, explorar profundamente nuestro ser para redescubrirnos. Conectar con esa esencia que sigue ahí.

Es como cuando una oruga, cansada de arrastrarse, decide encerrarse en su capullo y apartarse del mundo para experimentar una metamorfosis. Porque todos estarán presentes en tu proceso de transformación, pero estarán ahí el día en que empieces a volar.

Existen cosas que tendrás que vivirlas solo, porque los cambios son feos y tormentosos. Los cambios empiezan tan desorganizados que quien no te conoce, desde lejos te juzga, sin saber que estás a punto de ser esculpido en tu mejor versión.

Los cambios duelen, y los que te conocen pueden sentir la necesidad de intervenir, aunque a veces es necesario sentir ese dolor para sanar. Queriéndote hacer un bien, te harían un mal. Aquellos que no te conoces pensarán que eres un masoquista, sin saber que tu sonrisa en medio del dolor se debe a la satisfacción de saber que lo que serás mañana será mucho mejor que lo que eres hoy.

Los cambios te darán más miedo que tus propios miedos, porque será diferente, pero la esperanza de que será mejor que ayer te hace confiar en la cosas desconocidas que estarás experimentando. Solo el que lo ha vivido dichas experiencias puede mirarte a los ojos y decirte, que este será el miedo que más te gustará enfrentar, porque del otro lado del dolor, ellos vieron la vida de colores y un mundo de posibilidadesque vas a disfrutar .

No fuiste menos afortunado (a) que nadie, fuiste tú en todo tu tiempo y eso es lo mejor que pudiste ser.

Reflexiona sobre tus experiencias. A pesar de las dificultades que hayas enfrentado en tu vida, todo sucede por una razón. Cada experiencia contribuye a un propósito más grande. Cuando descubras por qué tu vida tomó el rumbo que tomó y por qué viviste esas experiencias, podrás comprender mejor quién eres y por qué eres de la manera en que eres.

Perdonar no será fácil. Te costará.

Mirar el pasado desde una plataforma de victoria, te hace eliminar la mentalidad de víctima. Nunca fuiste víctima de nada ni de nadie, porque aprendiste de tus experiencas, y ese es un poder que solo tú tienes y lo puedes compartir con otros si quieres hacerlo.

Desde donde te encuentras, tus experiencias pueden servir de guía a otros. Los miedos que superaste pueden ser la clave del enigma que las personas en tu entrono necesitan para descifrar su propósito.

No fuiste menos afortunado que nadie, fuiste tú en todo tu tiempo y eso es lo mejor que pudiste ser. Ahora estás en otro plano, en otra mente y en otra realidad. Busca superarte a ti mismo.

Dar un paso de confianza requiere valentía. La valentía no implica ausencia de miedo, sino más bien enfrentarlo y avanzar a pesar de él. En verdad, eso es lo que distingue a un auténtico superhéroe: salvarse a sí mismo de sus propios temores.

Es importante entender que hay circunstancias que no estaban bajo tu control cuando eras un niño. No tienes la culpa de lo que te sucedió en ese entonces. Aprender a perdonarte por culparte a ti mismo por esas experiencias y perdonar a quienes, ya sea por miedo, ignorancia o malicia, te causaron daño.

Perdonar no será fácil, te costará, a medida que lo haces repetidamente, se vuelve más fácil y perdonar. Creo que por eso deseamos quedarnos en la etapa de la infancia, donde creíamos en la bondad de las personas y perdonábamos con facilidad.

Creíamos en lo mejor de las personas porque confiábamos en que lo mejor era lo que podíamos ofrecer.

Respirarás tranquilo (a) porque sabrás que no habrá "Monstruos En La Cama".

MONSTRUOS EN LA CAMA

Perdonábamos con facilidad porque, al final del día, necesitábamos a todos los amigos disponibles para jugar juntos al día siguiente.

A lo largo de tu vida, enfrentarás desafíos y superarás tus miedos. Al llegar a la cima, te darás cuenta de que los monstruos que alguna vez imaginaste bajo la cama, en el armario o entre la ropa eran solo ilusiones. Con el tiempo, cuando te acuestes en tu cama, estarás en paz y feliz, contemplando todo lo que has logrado. Cuando la luz de tu habitación se apague por última vez, podrás respirar tranquilo, sabiendo que no habrá más **"Monstruos En La Cama"**.

Con Amor: *Esther Barranco*

MONSTRUOS EN LA CAMA

NOTAS:

MONSTRUOS EN LA CAMA

Made in the USA
Middletown, DE
15 February 2024